「貴殿が、フランセットか？」
低く艶のある声。
女性にしてはぶっきらぼうで
堅い言葉遣いだが、
それが妙に似合っている。
なんとも不思議なお方だ。
マグリット・ド
・デュメリー・セイレーン
魔物大公の一人であるセイレーン大公。
〝魔法研究局の金獅子〟と呼ばれる
破天荒な美女。
フランセットが経営する湖水地方の
アヒル堂のファン。

「フラン、下がっていてください」

スライムたちと洞窟調査!!
「わかったわ」

体調を崩したガブリエルを
フランセットが看病！
「はい、ガブリエル、あ～ん」
ナイフでオレンジを剥き、
薄皮を剥いてからガブリエルの口元へと運ぶ。
羞恥心を押し殺しながら、
早く食べるように目で訴える。
すると、ガブリエルはオレンジを食べてくれた。

slime taikou to botsuraku reijou no
angai shiawasena konyaku
江本マシメサ
イラスト 凪かすみ
2
スライム
大公と
没落
令嬢の
あんがい
幸せな
婚約

口絵・本文イラスト　凪かすみ

contents

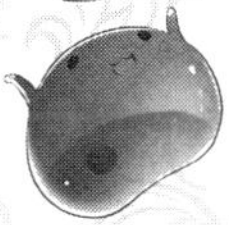

序章◆没落令嬢フランセットの、翻弄されるばかりだった人生

国内有数の大貴族、メルクール公爵《こうしゃく》の娘《むすめ》として生まれた私、フランセット・ド・ブランシャールは、一夜にして運命が変わってしまう。

そのきっかけとなったのは、姉、アデルが結婚《けっこん》するはずだったマエル殿下《でんか》から婚約破棄《こんやくはき》され、一夜にして没落《ぼつらく》したからだ。

真面目でしとやかな姉が何かしたわけではない。マエル殿下に近づく者達《たち》の策略に嵌《は》まってしまっただけなのだ。

父は野心を持たず、〝究極の流され体質〟だったため没落した身をあっさり受け入れ、愛人達との気楽な日々を送っていた。

一方、隣国《りんごく》の元王女であった母は、国外追放された姉に付き添《そ》い、すでに国を出て行ってしまっている。

しっかり者の母について行ったほうが、安定した生活ができるのはわかっていた。

けれども私は、国へ残った。

別に父が心配だったわけではない。行く先々で人に好かれ、愛される父はどんな状況《じょうきょう》でもしぶとく生き残るだろう。

ならばなぜ、隣国へ行かなかったのかと言うと——私はすっかり人間不信になっていたから。

姉が酷《ひど》い所業をしたと糾弾《きゅうだん》され、一家凋落《ちょうらく》の目に遭《あ》った。

すると、これまで親しくしていた人々は私達を遠巻きにし、罪人を見るような目で眺《なが》めるようになったのである。

これまで誰《だれ》ひとりとして、私を私として見ず、メルクール公爵の娘としてしか見ていなかったことに気づいてしまったのだ。

メルクール公爵の娘でない私には、付き合う価値なんてない。そんな現実を知り、胃の辺りがスーッと冷《ひ》え込《こ》むような、言葉にできない恐怖《きょうふ》に支配された。

おそらく母について行ったとしても、元王女の娘として敬意が払《はら》われるだけだ。メルクール公爵の娘だった頃《ころ》の私と、なんら状況は変わらない。

隣国でも同じような策略に引っかかった場合、人々はまた私から離《はな》れていくのだろう。

針のむしろに座《すわ》るような経験は、二度と味わいたくない。そう思い、私は国に残った。

後ろ向きな気持ちが大きかったというのは否定しないが、やろうと決めたからには、自分の価値は自分で示そうと覚悟《かくご》を決めた。

それからというもの、私は父がなけなしのお金で借りた下町にある平屋建ての家に住まいを移し、生活を始める。

炊事《すいじ》、洗濯《せんたく》、掃除《そうじ》などは養育院で習っていたものの、生活のために毎日行うのは初めてだった。初めは鍋《なべ》を焦《こ》がして食事を台無しにしたり、洗濯物《せんたくもの》の汚《よご》れに数時間も苦戦したり、ワックスを塗《ぬ》るのを失敗して部屋で転倒《てんとう》したりと、散々な結果だった。

けれども、厳しい教師がいた淑女《しゅくじょ》教育よりは難しくない。そう思うようにして、なんとか奮《ふん》闘《とう》していた。

家にめったに戻《もど》らない父の代わりに、新しい家族を迎《むか》える。

それはアヒルのアレクサンドリーヌである。数日に一回卵を産み、私の食生活を豊かにしてくれる。

私にはよく懐《なつ》いていたものの、それ以外の人には凶暴《きょうぼう》なアヒルとして名を馳《は》せていた。

貴族街よりも治安が悪いとされる下町暮らしの、優秀《ゆうしゅう》な用心棒となってくれたのだ。

没落してから早くも一年。

暮らしに余裕《よゆう》ができてからは、お菓子《かし》を作って委託販売《いたくはんばい》を始めるようになった。

決して多い金額ではなかったものの、私は労働を経てお金を得ることができたのだ。

お菓子の販売《はんばい》が好調で、作る量を増やそうか、なんて考えているときに、不思議な生き物と出会う。

それは、薄紅《うすべに》色をした愛らしいスライム、プルルンだった。

プルルンはテイム――手懐《てなず》けられたスライムで、人語を理解する賢《かしこ》い子だった。

最初は騎士《きし》隊へ届けたものの、生体は預かれないと言われてしまう。

ガブリエルという名のご主人様が見つかるまで、預かっておくことになった。

魔物《まもの》との暮らしは初めてだったが、プルルンは想像以上に有能なスライムだった。お風呂《ふろ》を一瞬《いっしゅん》でお湯にしたり、掃除ができたり、料理を手伝ってくれたり。

いつの間にか離れがたくなってしまう。

プルルンを交え、楽しく暮らすようになった私はふと思う。今の暮らしは貧しいけれど、メルクール公爵の娘として生きるよりもずっと自由な日々だということに。

このままのんびりとした生活がこの先何年も続くのだろう、とぼんやり思っていた。父からの「ごめん」とだけ書かれた手紙が届くまでは。

信じがたいことに父は人妻に手を出し、二十万ゲルトの賠償金《ばいしょうきん》を請求《せいきゅう》されていたのだ。

二十万ゲルトと言えば、裕福《ゆうふく》な貴族の娘が用意する持参金レベルの大金である。

父に二十万ゲルトを払う経済的余裕などない上に、長年かけて返済するという誠意もなかったようで、王都から逃《に》げてしまったらしい。最悪なことに、人妻を連れて。

さらに父が手を出したのは、世界的にも有名な豪商《ごうしょう》ファストゥ商会長の妻だったのだ。

謝罪の手紙から推測するに、父は私に請求がいくことは想定していたのだろう。それなのに、それなのに、父は王都から逃げた。

手紙の到着《とうちゃく》から数分と経《た》たずに、家にならず者達が押《お》しかけてくる。父が支払《しはら》わなかった賠償金を受け取りに、やってきたのだ。

絶体絶命の瞬間《しゅんかん》、思いがけない人物が現れる。

パールホワイトの長い髪《かみ》をひとつにまとめた、銀縁《ぎんぶち》の眼鏡をかけ知的な雰囲気《ふんいき》を漂《ただよ》わせている二十歳《はたち》前後の青年。

彼《かれ》はプルルンのご主人様である、ガブリエルだった。

プルルンを探していたところ、偶然《ぐうぜん》私と出くわしたらしい。プルルンを回収するだけでよかったはずなのに、彼は父が作った二十万ゲルトを立て替《か》えてくれたのだ。

なぜ、そんなことをしてくれたのか。謎《なぞ》でしかなかったのだが、彼には退くことも避《さ》けることもできない事情があった。

それは――結婚である。

なんでも、親戚《しんせき》より一族の当主たるものが結婚しなければ、世間に示しがつかないと糾弾されてしまったらしい。

そこで彼は、二十万ゲルトを立て替える代わりに、私と結婚してくれないかと提案してきたのだ。

なんというか、驚《おどろ》いた。

一家凋落に遭ってからというもの、大勢いた婚約者《こんやくしゃ》候補とは音信不通となり、結婚という文字からすっかり疎遠《そえん》になっていたからだ。

姉のように優秀で美しかったら、爵位《しゃくい》など関係なく求婚者《きゅうこんしゃ》が現れただろう。同じ姉妹《しまい》なのに、私と姉はまったく中身も外見も似ていないのだ。母譲《ゆず》りの藤色《ふじいろ》の瞳《ひとみ》は気に入っていたものの、父譲りの茶色い髪は地味な印象に拍車《はくしゃ》をかける。

さらに、私達一家全員を巻き込んだ事件の名誉《めいよ》挽回《ばんかい》などできていない状態で、結婚話《けっこんばなし》を持ちかける人がいるなんて思ってもいなかったのだ。

その理由について、ガブリエルは語り始める。

なんと彼は、魔物大公のひとり、〝スライム大公〟だったのだ。

魔物大公というのは、かつて世界を救った英雄《えいゆう》である。

当時の国王陛下は凶悪《きょうあく》な七体の魔物を倒《たお》した者達を英雄とし、王族に次ぐ権力を持つ爵位を与《あた》えた。

ドラゴンを倒した王子には、ドラゴン大公。

セイレーンを倒した漁師には、セイレーン大公。

オーガを倒した冒険者《ぼうけんしゃ》には、オーガ大公。

トレントを倒した木樵《きこり》には、トレント大公。

フェンリルを倒した騎士には、フェンリル大公。

ハルピュイアを倒した神官には、ハルピュイア大公。

スライムを倒した地方領主には、スライム大公。

尊敬されるべき立場にいるガブリエルだったが、二十二歳《さい》になるまで婚約者すら見つかっていないのだという。

その理由は、彼が暮らす領地、スプリヌという湖水地方にあった。

ガブリエル曰《いわ》く、空が青く晴《は》れ渡《わた》る日はごく稀《まれ》。一年中、ジメジメジメジメ、ジメジメジメジメしているらしい。領地に建つ家は苔《こけ》で黒ずんだ石造りの家ばかりで、町全体は信じられないくらい暗い。雨が多く、嵐《あらし》もよく訪《おとず》れる。そのため、外出もままならない日が続くようだ。

交流をあまりしないからか、内向的で人見知りが多い。その上こんな場所で暮らしていけるかと叫《さけ》んで都会に出ていく若者が多数。領民は年々減る一方。なんと言っても、スライムが多い。領民よりもスライムが多いくらいだという。庭にスライム、畑にスライム、窓に張り付くスライム、井戸にスライム、スライムが跳《は》ねる音で目を覚まし、スライムの鼻歌でお昼だと気づき、スライムのいびきを聞きながら就寝《しゅうしん》する。おはようからこんにちは、おやすみまで、スライム、スライム、スライムなのだとか。深い霧《きり》、一年中過ごしにくい村、減っていく人口、そしてスライム……。

ガブリエルが領するのは、年若い娘が嫁《とつ》ぎたくないような土地として名を馳せていたようだ。

ファストゥ商会から助けてくれたガブリエルには恩があるし、二十万ゲルトも立て替えてもらっている。

プルルンと暮らしていたからかスライムに対して嫌悪《けんお》感もないし、今の私はどこでだって暮らしていけるような気がした。

だから私は、ガブリエルの求婚《きゅうこん》を受けたのだった。

しかし、すぐに結婚というわけにはいかない。結婚するには、父親の許可がないといけないから。

そんなわけなので、父が見つかるまで、私はガブリエルの婚約者としてスプリヌ地方で暮らすこととなった。

スプリヌ地方への移住が間近というタイミングで、想定外の訪問者が現れる。

第二王子であるアクセル殿下であった。

王太子であるマエル殿下とは異なり、アクセル殿下は何をするにおいても私心を挟《はさ》まず、公正に物事を行い、正義感に溢《あふ》れる美丈夫《びじょうふ》である。王家の中でもっとも剣技《けんぎ》が優《すぐ》れた者に贈《おく》られるドラゴン大公を継承《けいしょう》するお方でもあった。

そんなアクセル殿下がなぜ下町の家にやってきたのかというと、ファストゥ商会のならず者の襲撃《しゅうげき》を受けたと聞いたからだという。私を心配してやってきたようだ。それだけでなく、これ以上危険が及《およ》ばないよう、後見人になろうかと提案してくれた。

スライム大公であるガブリエルとの結婚が決まったと打ち明けると、アクセル殿下は安堵《あんど》の表情を浮《う》かべる。

姉がマエル殿下と婚約《こんやく》してから、アクセル殿下は私を妹のように気にかけてくれた。縁《えん》が切れたと思っていたのに、変わらない優《やさ》しさを示してくれたのだ。

ガブリエルと婚約したので、これ以上アクセル殿下に心配をかけることもないだろう。

そんなわけで、私はアヒルのアレクサンドリーヌと共にスライムだらけの領地、スプリヌ地方へ旅立ったのだった。

スプリヌ地方では、さまざまな出会いがあった。

ガブリエルの母親、マリアはとても溌剌《はつらつ》としていて、個性的なお方だった。これまでスプリヌ地方から都会へ移住する人達が多かったことから、私もそうならないか酷く心配しているらしい。

他にも賢く美しき家令であるコンスタンスや、可愛《かわい》らしい三姉妹の侍女《じじょ》であるニコ、ココ、リコなどなど、ガブリエルの屋敷《やしき》はとても賑《にぎ》やかだった。

それ以外でも、ガブリエルの再従姉妹《はとこ》であるディアーヌとリリアーヌも、なぜか私を敵対視し、いじわるをしてくるという行為《こうい》を働いてくれた。

もっとも頭を悩《なや》ませてくれたのは、ガブリエルの大叔父《おおおじ》だろう。彼は孫娘《まごむすめ》のどちらかをガブリエルに嫁がせようと考えていたようで、私を攫《さら》い、娼館《しょうかん》へと売り飛ばしたのだ。

プルルンが傍《そば》にいたおかげで私は娼館から脱出《だっしゅつ》できたものの、すぐに見つかってしまう。

そんな私を助けてくれたのは、ガブリエルだった。さらに、娼館の用心棒をしていた父とも再会する。

父は人妻を連れ出した罪で拘束《こうそく》されてしまったものの、アクセル殿下が私とガブリエルの結婚を特例で許可してくれた。

私達の間にある障害はすべてなくなったというわけである。

父が逮捕《たいほ》されたことで、醜聞《しゅうぶん》が広がってしまったのは悩みどころだが、人の噂《うわさ》も七十五日という異国から伝わった言葉もある。そのうち忘れてしまうだろう。

スプリヌ地方で商売を始めたり、誘拐《ゆうかい》されたり、父が捕《つか》まったり、とさまざまな事件が起きたが、ここ最近、やっと落ち着いてきた。

しっかり話し合い、私とガブリエルの結婚は一年後に決まった。

それまで、結婚の準備をしつつ、スプリヌ地方の発展のために何かできたらいいなと考えていた。

第一章 ◆ 公爵令嬢フランセットは、おもてなしをする

毎日のように降《ふ》る霧雨《きりさめ》――湿気《しっけ》を含《ふく》んだ生ぬるい風――池が詰《つ》まるほど大量発生するスライム達――これがスプリヌ地方の春らしい。

春先はスライムの繁殖期《はんしょくき》かと思えば、少し事情が異《こと》なる。

スライムというのは分裂生殖《ぶんれつせいしょく》する生き物。この春先はスライムにとってもっとも過ごしやすい気候らしく、大量発生に繋《つな》がるのだとか。

ガブリエルは毎日のように領地の池を見て回り、テイムさせたスライムにスライムを食べるよう命じているらしい。

持ち帰ったスライムはレンズ製品になったり、肥料になったりと、さまざまな商品に加工されているという。

非常にいい品々が完成するようだが、原材料がスライムということで、買い手がつかない状態らしい。そのため、スライム製品は領民に安価で提供されているようだ。

今日もまた、ガブリエルはぐったりした様子で戻ってくる。

彼のパールホワイトの髪は一日中湿気にさらされていたからか、しっとり濡《ぬ》れているようだった。アイスグリーンの美しい瞳は、眼鏡が曇《くも》っているのでよく見えない。

疲労困憊《ひろうこんぱい》状態なのは、話を聞かずとも明らかだった。

「フラン、ただいま戻りました」

「おかえりなさい」

彼とは理想的な婚約者同士になるため、一日に一回の抱擁《ほうよう》を決めていた。本日の抱擁をしようとしたら、なぜか制止される。

「あの、私は今、一日中外回りをしてきまして、スプリヌ地方の湿気という湿気を吸《す》い込んでいて、この世でスライムの次くらいにじめじめした存在になっているんです。お風呂に入ってから、ゆっくりしましょう」

「そんなの関係ないわ」

ガブリエルの遠慮《えんりょ》を押しのけ、私は彼を抱《だ》きしめる。しばし硬直《こうちょく》しているようだったが、背中を優しくぽんぽんと叩《たた》いたら、優しく抱き返してくれた。

「こういう日は、無理にしなくてもいいのに」

「無理にしているわけではないわ。一生懸命《いっしょうけんめい》働いてきたあなたに対する、感謝の抱擁なの」

これには仲を深める目的もあった。まだまだぎこちなさはあるが、いつか慣れるだろう。

ガブリエルとの結婚は一年後――それまでには、自然に抱擁できるようになれたらいいな、と思っている。

「池のスライムの様子はどうだった？」

「百年に一度の大量発生とされた三年前を超《こ》す、今世紀最悪の大量発生です」

「まあ！　とても大変だったのね」

「ええ」

「私にも、何か手伝えることがあればよかったのだけれど」

足手まといになることはわかっているのだが、ガブリエルの疲《つか》れっぷりを見ていたら心配になってしまう。

「すでに、フランから大いなる助力をいただいております」

「私、何かしていたかしら？」

「あなたが家で待っていてくれていると考えただけで、元気がでるんです」

「ああ、そういうこと」

「そういうことで片付けていいことではありません！　大変な功績です！」

なんでもこれまでは、誰にも言わずに池のスライム退治に出かけ、日付が変わるような時間帯にこっそり裏口から帰宅していたらしい。

義母どころか、使用人ですら、ガブリエルが何をしているのか把握《はあく》していなかったようだ。

「今年はフランが私の仕事を知らせてくれるおかげで、母から不審《ふしん》な視線を浴びずに済んでいますし、使用人も撥水《はっすい》の長靴《ながぐつ》やリネンを用意してくれるのでありがたいです」

「それは、自分で言えばよかっただけでは？」

「面倒《めんどう》ですので」

は――、とこの世の深淵《しんえん》に届くのではないか、と思うくらいのため息をついてしまう。

ガブリエルは口下手で、人付き合いを苦手に思っているところがあるのだ。彼がもっと自分の頑張《がんば》りや功績を皆《みな》に周知させたら、見る目も変わるというのに。非常にもったいないと思ってしまう。

「すみません。こういうの、フランにとって手間ですよね」

「そんなことはないわ。私はもっともっと、これまで以上にあなたが周囲の人達から尊敬されたり、愛されたりしたらいいなと思ってやっているだけ」

「私はあなたから気にかけてもらえたら、それだけで幸せなんです」

ガブリエルの考える幸せはささやか過ぎる。もっと貪欲《どんよく》になってもいいのに。けれども、野心がなく、自分をよく見せたいと思わない人だからこそ、私は彼に強く惹《ひ》かれているのかもしれない。

ガブリエルが毎日幸せだと思えるように、頑張って愛を示さなくてはと改めて思った。

扉《とびら》が控《ひか》えめに叩かれる。やってきたのは、スライム大公家の美しき家令、コンスタンスであった。燕尾服《えんびふく》をパリッと着こなし、ピンと伸びた背筋は背中に棒か何か入れているのではと思うくらいまっすぐだ。短く揃《そろ》えた髪もよく似合っていて、男装しているのにまったく違和感《いわかん》がない。そんな彼女《かのじょ》は感情を表に出さず、たんたんと報告する。

「旦那様《だんなさま》、お風呂の準備ができました」

ガブリエルが頷《うなず》くと、コンスタンスは下がっていく。

「そうだわ。ガブリエル、お背中を流しましょうか？」

「え⁉」

突拍子《とつぴようし》もない提案だったのか、ガブリエルは跳《と》び上がるほど驚いていた。一日中、辛い思いをして働いてきた彼に対する労《ねぎら》いのつもりだったのだが。

「ごめんなさい。迷惑《めいわく》だったみたいね」

「いや、そういうわけではなく――」

『ガブリエル、おかえり――‼』

勢いよく部屋へ飛び込み、ガブリエルへ体当たりしてきたのは、薄紅色の愛らしいスライムプルルンだ。

一日中働いて疲れているガブリエルは、あっさり吹《ふ》き飛ばされる。

「ガブリエル、大丈夫《だいじょうぶ》？」

「え、ええ、まあ……」

プルルンはガブリエルが初めて使役《しえき》したスライムで、普段《ふだん》は無邪気《むじやき》な様子を見せている。しかしながら、なぜかガブリエルには当たりが強い。幼少期からの付き合いらしく、気心が知れた相手なのだろう。

ただ、こういったスキンシップはよくない。

「プルルン、ガブリエルに体当たりしたらダメ」

『なんでー？』

「人はスライムほど頑丈《がんじょう》ではないからよ。プルルンはガブリエルがケガしたら、いやでしょう？」

『うん、いやかもー』

「だったら謝《あやま》って、二度としないことを約束して」

『はあい』

プルルンはしおらしくガブリエルのもとへ近づき、きっちり謝罪した。

『ガブリエル、ごめんなさい。もうしないからー』

「そうしていただけると、非常に助かります」

許してもらえたからか、プルルンはホッとした様子を見せていた。

「ガブリエル、あなたも、いやなことはいやと教えないと、プルルンが成長しないわ」

「ええ。そうですね」

「どうして今まで黙《だま》っていたの？」

「プルルンは――友達ですから」

スライム大公家に生まれた彼は辺境故に同じ貴族の子どもと交流できず、楽しく遊ぶ村の子ども達を、遠巻きに見るだけだったらしい。

そんな環境《かんきょう》の中で、気安く接することができるのはプルルンだけだったのだろう。

多少のやんちゃに対して許してしまう理由は理解できるものの、そのままにしておくのはプルルンのためにもならない。

プルルンは普通《ふつう》のスライムではなく、精霊《せいれい》化しているのだ。

精霊化というのは、力と知能が卓越《たくえつ》した存在に起こるもので、プルルンはいつの間にか魔物ではなくなっていた。

以前よりも力が強くなったとガブリエルが話していたので、きちんと教育しておく必要があるのだ。

ガブリエルは数多くのスライムをテイムしているのだが、精霊化しているのはプルルンだけだ。その奇跡《きせき》についての多くは、解明されていないという。

『ガブリエル、おわびに、プルルンが、せなか、ながしてあげるよお』

プルルンの提案を聞いて、羨《うらや》ましくなってしまう。何《なに》を隠《かく》そう、プルルンは体を洗うのがとっても上手《うま》いのだ。

触手《しょくしゅ》を使い、体の汚れをきれいに落としてくれる。お風呂上がりはゆで卵のようなつるつるぷるぷるの肌《はだ》になるのだ。

「いや、いいです」

遠慮していたものの、プルルンは触手を伸《の》ばし、ガブリエルをぐいぐい引っ張り始める。

『よいではないかー、よいではないかー』

「そういう言葉、どこで覚えてくるのですか!?」

ガブリエルとプルルンは仲良く（？）浴室へ向かったようだ。

廊下《ろうか》に出て、微笑《ほほえ》ましい気持ちで見送っていたところ、顔色を悪くさせた義母を発見してしまう。

「お義母様、どうかなさったの？」

「いえ、今度、お客様を招くことになったのですが……」

スライム大公家に訪問者が訪れるのは、十年ぶりらしい。ここ最近、アクセル殿下が出入りするようになり、スプリヌ地方の知名度が上がってきているようだ。

「フランセットさん、お客様お迎えするのって、どうすればいいのでしょうか⁉」

「え？」

「長年スプリヌ地方に誰も来なさすぎて、もてなし方を忘れてしまったのです‼　というか、本当にいらっしゃるの？　嘘《うそ》をついて、本当は訪問しないつもりなのでしょうか⁉」

「お義母様、落ち着いてください」

義母はかつて、スプリヌ地方を出て行く人達をたくさん見送ってきた。その影響《えいきょう》で、疑《ぎ》心暗《しんあん》鬼《き》になっているところがある。

「嘘のお手紙なんて、書くわけがないですよ」

「そ、そうですよね。嘘をつくわけがない……」

「ええ、心配する必要はないかと思います」

これで落ち着いたかと思えば、義母は再び頭を抱《かか》える。

「お、お茶は、王都から春摘《つ》みの一番茶《ファーストフラッシュ》をお取り寄せしたほうがいいのでしょうか⁉」

「お義母様、王都からいらっしゃるお客様ですので、その必要はないです。スプリヌ地方のお茶をお出ししましょう？」

「湿気と霧にまみれたお茶を？」

「とてもおいしいですよ」

明日、一緒《いっしょ》に考えようと提案したら、なんとか落ち着いてくれたようだ。

「フランセットさん、いつも迷惑をかけて、ごめんなさい」

「気にしないでください。お義母様といろいろ考えるのは、楽しいことですから」

「ありがとう」

落ち着きを取り戻した義母は、ホッとした様子で部屋に戻っていった。

義母と入れ替わるように専属侍女のニコ、リコ、ココがやってくる。

ニコはアヒルのアレクサンドリーヌを抱いていた。

「フランセット様、アレクサンドリーヌ様がお庭の池からお帰りになられました。今日は菜っ葉をたくさんお召《め》し上がりになったそうです」

「そう、ありがとう」

ニコは動物好きで、アレクサンドリーヌの面倒をよく見てくれる。明るくて元気いっぱいの娘だ。

続いて、リコが一歩前に出てくる。

「フランセット様、お手紙が三通届いております」

「ありがとう」

リコはクールな性格で、しっかり者だ。私の補佐を担当し、うっかり忘れていたスケジュールなども完璧《かんぺき》に把握している。彼女なしでは、スプリヌ地方の暮らしは成立しないだろう。

最後に、控えめな様子で前に出てきたのはココ。

「フランセット様、〝湖水地方のアヒル堂〟の新しいパッケージイラスト案をいくつか描《か》いてきたのですが」

「見せてくれる？」

「はい！」

ココは絵画の才能があり、眠《ねむ》る時間も惜《お》しんで描いていた。そのため、以前までは一日中眠そうな様子を見せていたのだ。

彼女の才能を買い、勤務時間中に絵を描くように言ったのである。

湖水地方のアヒル堂というのは、私が作ったお菓子を販売する銘柄《ブランド》だ。

ココが描いたイラストをパッケージに使い、王都で販売したところ大好評だったのだ。

彼女のすばらしい才能のおかげで、スプリヌ地方の名はお菓子を通じて知れ渡るようになっている。

「ニコ、リコ、ココ、ありがとう。今日はもう、下がっていいわ」

三つ子の侍女は揃って頭を下げ、部屋から出て行った。

夕食まで時間があるので、アレクサンドリーヌを膝《ひざ》に乗《の》せながら手紙を読んだり、ココの絵を確認《かくにん》したりして、のんびり時間を過ごそう。

手紙は姉からだった。困ったことはないか、という私を心配する内容だった。

国外追放となった姉は、今や隣国の皇太子妃《こうたいしひ》である。忙《いそが》しい毎日を送っているだろうに、こうして私を気にかけてくれるのだ。

私は今、満たされた毎日を送っている。姉を心配させないよう、この上なく幸せだと手紙を通して伝えた。

◇◇◇

今日も今日とて、楽しい一日が始まる。

毎朝、家族揃って朝食を食べるのが、スライム大公家での決まりである。

ガブリエルや義母は早起きで、シャッキリ目覚めている。朝に強いのは血筋なのか、羨ましい限りである。本日も私が最後だった。

「ガブリエル、お義母様、おはようございます」

「フランセットさん、おはよう」

「おはようございます」

本日も食卓《しょくたく》にはおいしそうな料理が並べられている。腕《うで》のいい料理人がいるので、毎日食事は楽しみなのだ。

カフェボウルに注がれたミルクたっぷりのコーヒーに、焼きたてほかほかなパン、トリュフ入りのオムレツに、分厚いベーコン。どれもおいしくて、朝から幸せを感じる。

ガブリエル曰く「何もない」スプリヌ地方だが、私から見たら魅力《みりょく》に溢れている。

春はニオイスミレがもっとも美しい季節で、風に乗ってかぐわしい匂《にお》いが漂ってくる。初夏はシロウナギがおいしい季節で、秋はキノコやベリー摘みが楽しめる。トリュフがたくさん採れるのも、スプリヌ地方だけだろう。冬はエスカルゴの旬《しゅん》となり、あちこちで見かける。あまり知られていないものの、高級食材の産地なのだ。

他にも白身がふっくらとしたマスや、淡泊《たんぱく》ながらも味わい深いカエル、越冬《えっとう》前の肥えた家禽《かきん》など、おいしい食材が豊富にある。

王都の商人と掛《か》け合い、新たに取り引きを始めた物もある。今は新鮮《しんせん》な食材を求めて、直接買いにくる商人だっている。

やってくるのは商人だけではない。スプリヌ産のトリュフやエスカルゴを食べるために、わざわざ王都からやってくる観光客もいるのだ。

村を観光地として機能させるために、宿や食堂、雑貨店などが新しく開店した。仕事が増えたからか、一度出て行った人達が戻ってくることもあるという。

スプリヌ地方は以前よりもずっと、賑やかになりつつあるのだ。

朝食後、ガブリエルの部屋で少しだけゆっくりとした時間を過ごす。今日は彼の書斎《しょさい》にある本のコレクションを見せてもらった。

経済に医療《いりょう》、地域福祉《ふくし》に軍事関係などなど、豊富な種類の本があった。

「母につまらないと言われたコレクション達です」

「そんなことはないわ」

面白《おもしろ》そうな本があったので、借りてもいいかと聞いてみる。

「好きなだけ読んでください」

「ありがとう」

ふたりで仲良く読書に耽《ふけ》ることができたらいいのだが、今日もお仕事がある。

ガブリエルは今日も領地の見回りをするという。憂鬱《ゆううつ》な表情を浮かべる彼を、背中から抱きしめる。

すると、驚いたというよりも、ショックを受けたような声をあげた。

「ガブリエル、どうしたの？」

「いえ、フランから一日の終わりに抱きしめてもらうのを楽しみに、仕事を頑張ろうと思っていたもので」

「もう抱きしめてしまったから、やる気をなくしてしまったの？」

「いいえ、今日の抱擁は終わってしまった、と衝撃《しょうげき》を受けただけです」

まさかの理由に笑ってしまう。

「抱擁なんて、帰ってきてからもしてあげるわ」

「本当ですか？」

「ええ」

だから気落ちしないでほしい。そう伝えると、ガブリエルは嬉《うれ》しそうに頷いた。

「フラン、今日は何をするのですか？」

「村の工房《こうぼう》でクッキー作りをするわ」

「そうでしたか。外に出るときは、護衛を連れてくださいね」

「ええ、わかった」

「どこに行くにしても、プルルンを連れて行ってくださいね」

「もちろんよ」

　ガブリエルはどこに行くのにもプルルンを同行させるように言って聞かないのだ。大げさな……と思ったものの、スプリヌ地方の脅威《きょうい》はスライムだけではない。彼の大叔父に誘拐されてしまったこともあったので、拒否《きょひ》できなかったのだ。

「スライムにも、十分用心してくださいね。それから――」

　プルルンがやってきて、会話に割《わ》り込んでくる。

『ガブリエルってー、くちうるさい、おとうさんみたいー』

　プルルンの一言で、ガブリエルは黙り込んでしまう。私を心配するあまり、いろいろと注意したくなるのだろう。これも彼の愛だ。

「フラン、すみません……」

「いいえ、嬉しいわ。本当の父親は、私の心配なんてしたことはないから」

　借金を残し、愛人と夜逃《よに》げするような父親である。口うるさくなってしまうくらい、娘を心配する父親だったらどんなによかったか。

「あなたに気にかけてもらえて、嬉しいわ」

「フラン……！」

お互《たが》いに感激し、うるうるしている場合ではなかった。

「そろそろ行かなければならないわね」

「私もです」

ガブリエルと別れ、今日も一日頑張ろうと気合いを入れたのだった。

リコやプルルンと共に村に赴《おもむ》き〝湖水地方のアヒル堂〟の工房でクッキー作りを行う。

スプリヌ地方に自生するニオイスミレを使ったクッキーが今、王都で大流行しているのだ。

これまでスライム大公家の厨房《ちゅうぼう》で料理人と共に焼いていたのだが、間に合わないため、工房を作ったわけである。

作ったといっても、わざわざ建設したわけではない。村の周辺には貴族や商人の屋敷が数軒《すうけん》あり、どれも空き家状態だった。それらの屋敷の中でもっとも広い厨房を持つ屋敷を買い取り、手入れしたのちに工房として利用している。

村の女性達もたくさん雇用《こよう》し、ニオイスミレのクッキー作りを手伝ってもらっているのだ。おかげさまで生産量はぐっと増え、より多くの商品を王都に送り出している。

以前まではバタバタする毎日を送っていたが、多くの工程を他の人に任せることにより、私にも余裕ができてきた。

今日はここ最近アレクサンドリーヌがお世話になっている、〝家禽騎士隊《かきんきしたい》〟にお邪魔《じゃま》する予定だった。

家禽騎士隊というのは、魔物や盗人《ぬすびと》などから家禽を守る仕事に就《つ》く騎士達《きしたち》である。畜産《ちくさん》はスプリヌ地方を支える産業なので、騎士の存在は重要なのだとか。

リコと護衛を引き連れ、騎士舎にお邪魔する。

騎士舎の扉を開いた瞬間、アレクサンドリーヌが飛び出してきた。跳び蹴《げ》りされそうになったものの、途中《とちゅう》で私だと気づいたようで、そのまま着地する。

「うわ、アレクサンドリーヌ！」

アヒルの横顔が彫《ほ》られた鎧《よろい》をまとう青年が、アレクサンドリーヌを抱き上げる。

彼は家禽騎士隊の隊員のひとりで、名前はノエルだったか。

「誰かと思ったら、若奥様《わかおくさま》ではありませんか！」

「ごきげんよう」

アレクサンドリーヌの働きを見に来たと言うと、このとおりだと説明してくれた。

「いやはや、アレクサンドリーヌは立派な働きをしてくれていますよ。家禽舎に近づく不審者《ふしんしゃ》がいたら、ガアガア鳴いて撃退《げきたい》してくれるんです」

アレクサンドリーヌはその凶暴さを買われ、家禽騎士隊の一員としてスカウトされたのだ。

ここ最近、観光客も増えてさまざまな人達がここにやってくるという。家禽の騎士というのが珍《めずら》しいようで、ついつい許可なく家禽舎を覗《のぞ》き込んでしまうようだ。

「都会の人って、こんなのが面白いんですかねえ」

「気持ちはわかるわ」

以前、ガブリエルが案内してくれた粉挽《ひ》き工房が面白かったので、見学ツアーを計画したのだ。それが好評で、今でも応募者《おうぼしゃ》が殺到《さっとう》しているという。

「家禽舎見学ツアーも、組んだほうがよさそうね」

「ええ。事前に連絡《れんらく》していただけたら、こちらも対応できますので」

この件は家禽騎士隊の隊長に報告してくれるという。直接話したかったものの、今は巡回《じゅんかい》中のようだ。

「家禽騎士隊も増員したほうがいいのかしら？」

「あー、そうですね。もう二、三人、いたら心強いです」

現在、家禽騎士隊は十二名ほど所属している。夜勤もあるので、一人休んだら大変なことになるのだとか。

今のシーズンはスライムが大量発生しているので、特に忙しいのだろう。五十年ほど前に、スライムが家禽をすべて呑《の》み込《こ》んでしまったという事件もあったので、スライムといえど油断できないのだ。

アレクサンドリーヌが、リコが持っていたかごを激しく突《つ》く。ここで思い出した。

「ああ、そうだったわ。差し入れのクッキーとサンドイッチを作ってきたの。よろしかったら、みなさんで召し上がってちょうだい」

「若奥様、ありがとうございます。嬉しいです」

ノエルは恭《うやうや》しくかごを受け取り、はにかんだ表情を見せてくれた。

彼と別れたその後も、商人と取り引きを行ったり、村の婦人会に参加したりと、バタバタと過ごす。

夕暮れ前には家路に就いたのだった。

夕食後、ガブリエルと共にお茶を囲んでいたら、家令のコンスタンスが二通の手紙を銀盆《ぎんぼん》に載せて運んできた。手紙はどちらもガブリエル宛《あて》だったようだ。

「こんな遅《おそ》い時間に手紙でした」

「王都からのワイバーン便のようです」

ワイバーン便というのは、テイムさせたワイバーンに跨《また》がり、荷物を運ぶ業者である。

馬車だと数日かかる移動距離《きょり》も、ワイバーン便ならば数時間で届けることを可能とするのだ。

「いったい誰《だれ》――？」

差出人を見た瞬間、ガブリエルの表情は引きつった。いったい誰からの手紙なのか。

ガブリエルは手をわなわな震《ふる》えさせながら手紙を開封《かいふう》し、便箋《びんせん》を手に取る。

途中、ハッと息を呑んでいた。ここまでされたら、見なかったふりなどできない。

「ガブリエル、どなたからの手紙だったの？」

「セイレーン大公です」

それはガブリエルと同じ魔物《まもの》大公のひとりである、マグリット・ド・デュメリー・セイレーンだ。

彼女とは、何度か書簡を交《か》わしたことがあった。というのも、セイレーン大公は湖水地方のアヒル堂のクッキーが大好物なのである。

何度か商品を送ったことがあったのだが、今は王都で販売《はんばい》されているクッキーを購入《こうにゅう》しているようだ。そのため、手紙のやりとりも途絶《とだ》えていた。

「セイレーン大公がどうかしたの？」

「スプリヌ地方に遊びにくるそうです」

珍しく長期休暇《きゅうか》が取れたとのことで、のんびり過ごす地としてスプリヌ地方を選んでくれたらしい。

湖水地方のアヒル堂の、スプリヌ地方限定菓子《かし》も購入したいと手紙に書いてあったという。日持ちしないクリームたっぷりのケーキや、湖を泳ぐアヒルをイメージしたシュークリームなどは、スプリヌ地方でのみ販売しているのだ。

それらのお菓子を求めてやってくる観光客も、最近は増えつつあるらしい。

セイレーン大公はその噂話《うわさばなし》を聞きつけたのかもしれない。

「すばらしいことだわ。影響ある魔物大公がきたら、知名度もあがるはずよ」

「いや、セイレーン大公の人脈は、あまり広げたくないのですが……」

セイレーン大公は魔法《まほう》研究局の局長で、さまざまな功績を挙げている偉大《いだい》な魔法使《まほうつか》いのひとりらしい。

「知り合いは個性的な方々ばかりなんです」

「そうなのね」

セイレーン大公とは一度話してみたいと思っていたのだ。いい機会である。

「だったら、セイレーン大公をおもてなしする準備をしなくてはならないわね」

「それは必要ないかと」

「あら、どうして？」

「〝魔法研究局の金獅子《じし》〟と呼ばれているような型破りな人を、どうもてなすというのですか？」

具体的にはどんな人物なのか。ガブリエルから話を聞く。

「まず、彼女は供のひとりも連れず、魔法でなんでもかんでも解決します」

扉の開け閉めでさえ、魔法を使うのだとか。

「うっかり彼女に近づいた者が、移動用として作った竜巻《たつまき》に巻き込まれて大けが、なんてことも珍しくありません」

「た、竜巻で移動するの!?」

「恐《おそ》ろしいことに……。自分の屋敷には戻《もど》らずに、魔法で作った寝台《しんだい》の周囲に結界を張って、外で眠ることもあるようですよ」

セイレーン大公は優雅《ゆうが》な貴婦人というイメージを抱いていたが、そうではないようだ。いったいどんな人物なのか。改めて会いたいと思ってしまう。

「マグリット――あ、いえ、セイレーン大公は」

今、ガブリエルはセイレーン大公の名を口にした。よほど親しい相手でなければ、名前で呼ぶなんてこともないはずなのに。

それに、彼《かれ》はセイレーン大公についてやたら詳《くわ》しい。

どこから湧《わ》き出たのかわからないモヤモヤとした感情が、胸をぐるぐる渦《うず》巻《ま》き始める。絡《から》まってしまった糸のような複雑な感情がこみあげてきた。

「フラン、どうかしたのですか？」

「あ、いいえ、なんでもないわ」

「話を続けても？」

「え、ええ」

「一応、村の宿ではなく、我《わ》が家《や》を提供する予定ですが、聞き入れるとは思いません」

「それでもいいから、準備だけはしておくわ」

「フラン、ありがとうございます」

ガブリエルが労うように、私をそっと抱きしめてくれる。彼の温《ぬく》もりを感じていたら、そわそわと落ち着かない気持ちが和《やわ》らいだような気がした。

ガブリエルはもう一通の手紙も開封する。引きつったような表情から一変し、憂鬱な空気を漂《ただよ》わせる。

「毎年恒例《こうれい》の、魔物大公の会議の知らせが届いてしまいました」

なんでもそれは年に一度、王都で開催《かいさい》される、魔物大公が一堂に会するものらしい。ガブリエルはしぶしぶと参加しているようだ。

「何か大変なことをするの？」

「いいえ。基本は領地の魔物について報告し合うだけです」

魔物の数は昔に比べて減少傾向《けいこう》にあるようだが、油断はできない。魔物への警戒《けいかい》は怠《おこた》らず、数や強さについても細かに記録して共有するのだとか。

「なんというか、魔物大公は曲者揃《くせものぞろ》いなんです」

ガブリエルはうんざりした様子で、他の魔物大公について話し始める。

「フランはアクセル殿下《でんか》以外の魔物大公を見かけたことはありますか？」

「いいえ」

姉の付き添《そ》いでサロンや社交場に出入りしていたものの、魔物大公と出くわした覚えなど一度もない。

ガブリエルに出会うまでは、どこか物語の世界に生きる人達のようだと考えていたくらいだ。

魔物大公の話だけならば、以前ガブリエルから話だけ聞いている。

たしか……トレント大公は聖祭教会の枢機卿《すうききょう》で、笑顔《えがお》で接近して寄付をせがんでくるお爺《じい》ちゃん。ハルピュイア大公は異端審問《いたんしんもん》局の局長で、睨《にら》んだ者は地の果てまで追いかけてくる怖《こわ》いお方。フェンリル大公は最年少の美少年。オーガ大公はこれまで一度も姿を見せていない。

「あとは、甘《あま》い物に目がないことでおなじみ、セイレーン大公、ドラゴン大公であり、第二王子でもあられるアクセル殿下。最後にスライム大公のガブリエル」

「とんでもない面子でしょう？」

「そうね」

私だったら、回れ右をして逃《に》げたくなるような会議である。

「和《なご》やかな雰囲気《ふんいき》なんて皆無《かいむ》で、気まずいとしか言いようがない場なんですよね。これまでは
フランが委託《いたく》した菓子を買いに行くのを楽しみに、王都に行っていたのですが」

「え？」

「はい？」

どうかしたのか、とガブリエルが小首を傾《かし》げる。

「いえ、今、私が委託していたお菓子を買っていた、なんて言ったものだから」

「あ‼」

ガブリエルは慌《あわ》てて口を手で覆《おお》ったが、もう遅い。しっかり聞いてしまった。

「そういえば、お店で働いていたソリンから、背が高くて喋《しゃべ》りや発音がやたらきれいな男性が、私のお菓子を毎回買ってくれる常連さんだって話を聞いていたの。ガブリエル、あなただったのね！」

「あ……いや、それは……」

うろたえるような表情を見せるガブリエルの手を両手で握《にぎ》りしめ、感謝の気持ちを伝える。

「ガブリエル、ありがとう。あなたがお菓子を買ってくれたおかげで、没落《ぼつらく》後の私は暮らしていけたの」

「そ、それはよかったです。その、本当に」

「でもどうして、私が作ったお菓子だって知っていたの？」

「うっ!!」

ガブリエルは途端《とたん》に視線を泳がせ、気まずげな表情を浮《う》かべる。

「あなたのこと、知りたいの。教えてくれる？」

「は、はい」

それは、姉が国外追放された年の、魔物大公の会議があったさいの話らしい。

「会議の雰囲気が最悪で、街の空気を吸ってから帰ろうと思ったんです。そんなときに、ひとりで歩くフランを見かけまして――」

ボロのワンピース姿だったのだが、ガブリエルはすぐに私だとわかったらしい。

「声をかけようと思ったのですが、言葉が見つからず」

それは無理もないだろう。私だって、没落した人にどう話しかけていいのかわからない。

「夜会で助けていただいたお礼をしたかったのですが、私程度の顔見知りに支援《しえん》を申《もう》し込まれたら、困らせてしまうかもしれないと思いまして。迷いながら歩いているうちに、あなたのあとを追いかけるような状況《じょうきょう》になっていました」

「まあ！　ぜんぜん気がつかなかったわ」

「気配を消していましたので」

私のあとを追うガブリエルが行き着いたのは、下町にある庶民御用達《しょみんごようたし》の菓子店《かしてん》だったわけだ。

「店の外から、あなたが菓子を納品している様子を見た瞬間《しゅんかん》、閃《ひらめ》いたんです。菓子を買ったら、間接的な支援になるだろう、と」

それからガブリエルは、私がお菓子を納品する日を聞きつけ、転移魔法で王都までやってきて購入していたらしい。

「長い間、申し訳なかったわ」

「いいえ！　フランの作る菓子はおいしかったので、毎回楽しみにしていました」

「ガブリエル、本当にありがとう」

菓子店には職人が作ったお菓子が並んでいる。そんな状況で、私みたいな素人《しろうと》が作ったお菓子を選んで買うなんてことはなかった。最初はほぼ売れずに、菓子店の人達がいくつか買ってくれていたのだ。

「しだいに申し訳なくなって、引き際を考えていたころだったの」

「本当に、間に合ってよかったです」

「でも、どうして言ってくれなかったの？」

「だって、フランが作った菓子を買い占《し》めていたとか、気持ち悪くないですか？」

「そんなことないわ。常連さんが誰か気になっていたから、言ってほしかったのに」

「なかなか勇気が出ずに、言い出せなかったのです」

「私が下町で暮らしていけたのは、ガブリエルのおかげなんだから。もしもお菓子が売れていなかったら、早々に修道院へ駆《か》け込んでいたはずよ」

「あなたが修道院にいたら、こうして出会っていなかったわけですか」

「そう」

ガブリエルのおかげで私の頑張りは報《むく》われ、強く生きていこうという励《はげ》みにもなっていた。感謝してもし尽《つ》くせない。

何か恩返しをしたい――と考えていたら、ピンと閃く。

「そうだわ。魔物大公の会議に参加するとき、私も一緒に王都に行ってもいいかしら？」

「フランが、ですか？」

「ええ。少しでも、あなたの気が紛《まぎ》れるように、傍《そば》にいるわ」

湖水地方のアヒル堂の経営は安定しつつある。コンスタンスも手を貸してくれるので、数日不在でも問題は起きないだろう。

ガブリエルは驚《おどろ》いた表情で私を見つめている。突然《とつぜん》の提案すぎたか。

「えっと、迷惑だったかしら？」

「いいえ、嬉しいです。フラン、ありがとうございます」

私がいたら憂鬱な気持ちも吹き飛ぶと言ってくれたので、ホッと胸をなで下ろす。

彼の力になれることが、とても嬉しかった。

「魔物大公の会議は再来月、初夏の頃《ころ》ですね」

「まずはセイレーン大公のおもてなしを考えないといけないわね」

「彼女はそこまで気にしなくてもいいですよ。どこにいても、勝手に楽しむような女性《ひと》ですから」

セイレーン大公に対する、気心が知れたような物言いを聞いてしまい、複雑な気持ちになってしまう。

ガブリエルとセイレーン大公は、いったいどういう関係なのか。

聞きたいけれど、「大切な女性です」なんて言われたら、立ち直れないかもしれない。

だから、私の複雑な気持ちは心の奥底《おくそこ》に追いやって、きつく蓋《ふた》をした。

◇◇◇

一週間後――セイレーン大公がスプリヌ地方にやってくる。

ガブリエルはスライム大公邸《てい》にすら立ち寄らないのでは、と言っていたものの、到着《とうちゃく》してすぐに訪問してくれた。

三名の侍女《じじょ》と、十五名以上の護衛を連れている。思っていた以上の大所帯であった。

「セイレーン大公、ようこそお出でくださいました」

「ああ」

セイレーン大公は髪《かみ》をかき上げながら、余裕《よゆう》たっぷりな様子で頷いた。

マグリット・ド・デュメリー・セイレーン――すらりと背が高く、金髪碧眼《きんぱつへきがん》の美女だった。

自信に満ち溢《あふ》れた強い瞳《ひとみ》が印象的で、見つめていると吸《す》い込まれてしまいそうだ。

風が吹けば、美しい金の髪がさらりと揺《ゆ》れた。ただ立っているだけなのに絵になるような美しい女性である。

セイレーン大公は目を細めつつ、話しかけてきた。

「貴殿《きでん》が、フランセットか？」

低く艶《つや》のある声。女性にしてはぶっきらぼうで堅《かた》い言葉《ことば》遣《づか》いだが、それが妙《みょう》に似合っている。なんとも不思議なお方だ。

「はい。フランセット・ド・ブランシャールと申します」

「お堅い挨拶《あいさつ》は結構だ。私達、書簡を何度も交わした仲ではないか」

淑女《しゅくじょ》同士の挨拶はスカートを軽く摘まんで会釈《えしゃく》するのだが、セイレーン大公は私に手を差し伸べる。握手《あくしゅ》を求めてきたのだ。こういうのは初めてだったので、恐る恐る手を差し伸べる。すると、力強く握り返してくれた。

「ずっと、貴殿に会いたかった」

「私に、ですか？」

「ああ、そうだ。あとでゆっくり話がしたい」

彼女ほど地位も財産も実力もある女性《ひと》が、いったい私に何を話すというのか。

「あの、話とは？」

「もうひとり、紹介《しょうかい》したい人がきている。紹介しよう」

「え？」

セイレーン大公はなぜか背後を振《ふ》り返り、声をかける。

「王女殿下、挨拶するといい」

「お、王女殿下⁉」

聞き違《ちが》いかと思ったものの、セイレーン大公の背後からひとりの少女がひょっこりと顔を覗かせる。

クリームイエローの髪に空色の瞳を持つ、七歳《さい》くらいの可愛《かわい》らしい少女。

彼女《かのじょ》の姿は、絵姿で見た覚えがあった。

国王陛下の末娘《すえむすめ》であり、アクセル殿下の妹君でもあるグリゼルダ王女である。

なんでもグリゼルダ王女は、社交場はおろか国民の前にもめったに出てこないという。こうしてお目にかかったのは初めてだ。

セイレーン大公の訪問だけにしたら護衛の数が多い、と思っていた謎《なぞ》が解ける。

「な、なぜ、王女殿下がこちらにいらっしゃるのですか？」

「どうしてもスプリヌ地方に行きたいって言うから、連れてきてあげた。貴殿が作る湖水地方のアヒル堂のお菓子がとてつもなく大好きらしい」

「――――っ！」

あまりの衝撃に、その場に倒《たお》れてしまいそうになる。まさか、セイレーン大公がグリゼルダ王女を連れてやってくるなんて、想像もしていなかった。

本来ならば、スライム大公家総出でお迎《むか》えしなくてはならないのに、私の傍には家令のコンスタンスとニコ、リコ、ココしかいない。心の中でどうしてこうなったのか、と頭を抱えてしまう。

ガブリエルは外回りに出かけていていない。セイレーン大公の出迎《でむか》えは不要だと言って、早々にスライム退治へ向かったのだ。

義母は楽しみにしていた新刊を読みたいから、今日は誰とも会わないと宣言していた。

私がいなかったら今頃《いまごろ》どうなっていたか。考えただけでゾッとしてしまう。

グリゼルダ王女はセイレーン大公の陰《かげ》から、控《ひか》えめな様子で私を見上げている。

胸に手を当てて膝を突き、グリゼルダ王女へ名乗った。

「わたくしめはメルクール公爵《こうしゃく》の娘《むすめ》、フランセット・ド・ブランシャールと申します」

「初めまして。わたしは、グリゼルダ、です」

「お目にかかれて光栄です」

「わ、わたしも」

グリゼルダ王女は慎《つつ》ましいお方のようだ。あまり仰々《ぎょうぎょう》しく出迎えないで、正解だったのかもしれない。

それにしても、なぜグリゼルダ王女がここにいるのか。

事情について、セイレーン大公が説明してくれた。

「突然連れてきてしまい、すまなかった。私が湖水地方のアヒル堂の地域限定菓子を食べに行くって言ったら、付いていきたいって言うものだから、急遽《きゅうきょ》、連れてきた、というわけだ」

「そうだったのですね。王女殿下にご訪問いただけるなんて、とても光栄です」

「グリゼルダ、よかったな」

セイレーン大公に話しかけられたグリゼルダ王女は、控えめに頷《うなず》いた。

改めて見てみると、セイレーン大公が気安い態度なのは、グリゼルダ王女と親戚《しんせき》関係にあるからだろう。

セイレーン大公とアクセル殿下は面差《おもざ》しが少し似ているように思えてならない。グリゼルダ王女も金髪碧眼で、セイレーン大公と並んだら姉妹《しまい》のように見えた。

「あの、立ち話もなんですので、客間へ案内いたします。湖水地方のアヒル堂のお菓子もたっぷり用意しておりますので」

そんな説明をした瞬間、グリゼルダ王女の張り詰《つ》めていた表情が和らぐ。

セイレーン大公をもてなすために、種類豊富に用意しておいたのだ。

「どうぞこちらへ」

コンスタンスを振り返り、急いで義母にグリゼルダ王女の訪問を告げるようにと指示を出す。

口に出さずとも、有能な彼女はこくりと頷いた。

ココは客室に先回りして整えようと走ってくれた。リコやニコは紅茶の用意に向かっている。

私は極力動揺《どうよう》を顔に出さないよう、にこやかに案内した。

客間にはすでに義母がいて、優雅な様子でセイレーン大公とグリゼルダ王女を迎える。

「グリゼルダ王女、スライム大公家にようこそお出でくださいました。セイレーン大公もお久しぶりですね」

「マリア、息災そうで何よりだ」

「ええ」

おそらく、義母は私室から客室まで走ってやって来たのだろう。身なりは完璧で、息も切れていない。おそらくセイレーン大公と面会することを想定し、いつでも動ける姿で読書していたのだろう。さすがとしか言いようがない。

義母は輝《かがや》くような笑《え》みを浮かべつつ会話する。

「セイレーン大公の訪問を、フランセットさんは楽しみにしていたようですの。お菓子もたくさん用意してくれたから、どうぞ召し上がって」

「王女殿下のお口に合えばよいのですが」

ニコがこの日のために用意していたお菓子を運んでくれる。

まず、ひと品目はプルルンをイメージして作ったベリー風味のプリンだ。目と口はアイシングで描いて、本物みたいに仕上げている。

タイミングよく、プルルンが客間へとやってきた。

『おきゃくさん、いらっしゃーい』

プルルンはぽんぽん跳《と》びはねながら、セイレーン大公とグリゼルダ王女を歓迎《かんげい》する。

驚かせてしまったのでは、と内心ヒヤヒヤしていたものの、グリゼルダ王女はプルルンを指差しながらセイレーン大公に話しかける。

「あれは、もしかしてテイムされたスライム？」

グリゼルダ王女の問いかけにセイレーン大公が頷くと、グリゼルダ王女はホッとした様子を見せていた。すかさず、義母が付け加える。

「あのスライムは精霊化《せいれい》しているので、普通《ふつう》のスライムではないのですよ」

「精霊のスライム⁉」

グリゼルダ王女だけでなく、セイレーン大公の瞳まできらりと輝く。

「やはり、そうだったか。普通のスライムより、魔力《まりょく》が桁違《けたちが》いだと思っていたところだった。

ガブリエルが使役《しえき》するスライムだから、特別だと思っていたのだが」

セイレーン大公の話を聞きつつ、内心、「ガブリエルって名前で呼んでいるんだ」と思ってしまう。お互いに親しみを込めて呼び合う男女なんて、特別な関係としか思えない。

いやいや、何を考えているんだ、と雑念を脳内から追い出した。

グリゼルダ王女はプルルンとプリンを見比べた瞬間、何かに気づいたようでハッとなる。

「これ、精霊スライムをイメージしたプリンだわ‼　とってもかわいい‼」

喜んでもらえたようで、ホッと胸をなで下ろす。

続いて運ばれてきたのは、ニオイスミレの砂糖漬《さとうづ》けを飾《かざ》ったバターケーキ。

「こっちはお花のケーキ！　こんなきれいなケーキ、初めて見るわ」

先ほどまでかろうじて聞き取れるような声だったのに、溌剌《はつらつ》とした様子で話すようになる。

私が作ったお菓子で、このように喜んでもらえるなんて、光栄でしかない。

他にも、ニオイスミレの蒸《む》しケーキやハニーチーズケーキ、越冬焼きリンゴなどなど、工房の近くにある店舗《てんぽ》限定のお菓子をズラリと並べていく。

最後に運ばれてきたのは、チョコレートババロア。これは少し挑戦《ちょうせん》だと思っているお菓子である。

「これは――!?」

普通のババロアではないので、グリゼルダ王女も戸惑《とまど》った様子を見せていた。

「こちらは、湖水地方をイメージしたお菓子でございます」

ドーナツ型で作ったチョコレートババロアは、粘板岩《スレート》が採掘《さいくつ》される山々を参考に作り、空洞《くうどう》になった真ん中には、湖を模して作ったソーダゼリーを流《なが》し込んでいる。ババロアにはニオイスミレの砂糖漬けを飾り、生クリームを絞《しぼ》った。

見た目は美しくないものの、ひと目でスプリヌ地方だとわかるだろう。これを食べて、この地に愛着を持ってほしいと願いを込めて作ったのだ。

「ここでしか食べられない、湖水地方ババロアでございます」

「すごいわ！　湖水地方がお菓子になるなんて」

お気《き》に召《め》してもらえたようで、ホッと胸をなで下ろす。

グリゼルダ王女は湖水地方ババロアから食べてくれるようだ。スプーンでそっと掬《すく》い、口に運ぶ。

「おいしい……！　舌触《したざわ》りがとても滑《なめ》らかだわ」

それから無言で食べ続ける。お口に合ったようで何よりだ。

セイレーン大公は黙々《もくもく》とプルルンプリンを食べている。試食会では「かわいすぎて食べられ

ない！」と評判だったものの、彼女は問答無用に食べ進めていた。

「本当に、湖水地方のアヒル堂のお菓子はうまいな」

グリゼルダ王女もだが、高貴な身分であるセイレーン大公は、高級なお菓子を食べて育っているはずである。それなのに、気に入ってもらえるのは不思議な気分だった。

セイレーン大公がじーっと私を見つめているのに気づき、蛇《へび》に睨まれたカエルのような気分を味わってしまう。

引きつっているであろう笑みを浮かべ、「セイレーン大公、何か？」と質問を投げかける。

「フランセット。貴殿は公爵令嬢《こうしやくれいじよう》なのに、どうしてこんなにお菓子が作れるのだ？」

「どれも、修道女に習ったものなんです」

修道院では毎週、土塊鳩《つちくればと》の日にお菓子を販売する。そのため、養育院で働く修道女達はたくさんのレシピを知っているのだ。

「養育院に慈善《じぜん》活動に行っていたから、お菓子の作り方を知っていたわけか」

「ええ。スライム大公家の菓子職人にも、いろいろと助言をいただきつつ、商品開発をしています」

「なるほど。謎が解けた」

湖水地方のアヒル堂のお菓子は王妃殿下《おうひでんか》もお気に召しているようで、土産《みやげ》を買ってくるように言われているらしい。

「この子だけじゃなく、王妃殿下も行きたいって言っていたのだが、それはさすがに無理があると思って却下《きやつか》した」

それは警備面での問題だろう。セイレーン大公が止めてくれてよかった、と心から思った。

それにしても、王妃殿下まで湖水地方のアヒル堂のお菓子を求めてくださるなんて、なんとも言えない気持ちになる。光栄であることに変わりはないが、特別なお菓子でもないのに、謎でしかない。

「不思議なのだろう？　みんなが湖水地方のアヒル堂のお菓子に夢中だということが」

「え、ええ」

心の中を読まれてしまったのではないか、とギョッとしてしまう。おそらく、表情に出ていたのだろうが。

セイレーン大公は眉間《みけん》に皺《しわ》を寄せ、腕《うで》を組みつつ話し始める。

「普段《ふだん》、私達が食べている菓子は、とにかく甘いのだ！」

セイレーン大公の主張に、グリゼルダ王女がこくこくと頷く。

そういえば、と私も思い出す。市販《しはん》されていたお菓子は甘すぎて、屋敷《やしき》の菓子職人が作るお菓子ばかり食べていた。

なぜ王宮で出されるお菓子は甘いのか。その理由についてセイレーン大公が説明してくれた。

「何百年も昔――砂糖はとてつもない高級品だった。庶民《しょみん》の口には入らず、高貴な身分の人のみが食べられる、特別な物だった過去がある」

そんな砂糖は生産量が次第《しだい》に増えていき、庶民にも行き届く。

「けれども、砂糖が高級品だというイメージは、長い間廃《すた》れなかったようだ」

庶民と同じようなお菓子を高貴な者達が口にするのはおかしい。そう考えた菓子職人は、通常のレシピの倍、砂糖を入れて作った。

「それを、高貴な身分の人達に向けて、特別な菓子だと言って販売した――」

適量でない砂糖が入ったお菓子は、おいしいものではない。けれども、庶民の手に届かない菓子という付加価値のおかげで、長年愛されていたようだ。

「そのレシピが現代にまで伝わっているせいで、今でも甘すぎるお菓子が流通しているというわけだ」

「そんな歴史があったのですね」

一部の貴族の間では、お菓子を食べ過ぎると肌《はだ》の調子が乱れ、太ってしまうと囁《ささや》かれているらしい。そんな状況の中で、甘さ控えめの湖水地方のアヒル堂のお菓子が登場した。これまでお菓子を嫌《きら》っていた人達の中でも、おいしいと評判になっているという。

「湖水地方のアヒル堂のお菓子が庶民のレシピを引用して作られていると聞いて、おいしいわけだと納得《なっとく》した」

「私も、自分のお菓子が評判な理由が腑《ふ》に落ちました」

昔から引き継《つ》がれた、正統派のお菓子だったので、多くの人達から支持を得られたのだろう。

「しかしながら安心するといい。湖水地方のアヒル堂のお菓子にハマったあと、下町の菓子店を食べ歩いたのだけれど、フランセット、貴殿の作る菓子が一番おいしかった」

「そのようにおっしゃっていただけて、とても光栄です」

それはスライム大公家の菓子職人の助言のおかげだろう。

この辺りは砂糖たっぷりのレシピが伝わっていなかったようで、出てくるお菓子はどれもおいしい。

砂糖やバター、小麦粉の配分は菓子職人と話し合い、いろいろ変えてあるのだ。

庶民に伝わったレシピを、現代の人達の口に合うように改良していたわけである。

話をしている間に、グリゼルダ王女は用意していたお菓子を食べてしまったようだ。

「お腹《なか》いっぱい、幸せだわ。フランセット、ありがとう」

グリゼルダ王女はにっこりと微笑《ほほえ》みかけてくれる。天使のようなかわいさに、くらくらしてしまったのは言うまでもない。

あとは紅茶でも飲んでゆっくり過ごしてもらおう、と思っていたのだが、セイレーン大公がなぜか立ち上がる。

「甘い菓子ばっかり食べたあとは、運動をしなければならない。今からどこかに散歩に行くぞ」

セイレーン大公はキリッとした表情で提案する。あの細い体は、努力の末にできたものなのだろう。

この世に、なんの努力もしないで永遠にきれいでいる人なんていないのだ。

「ふむ。どこを歩こうか」

「わたし、ニオイスミレのお花畑を散歩したい！　湖水地方のアヒル堂のお菓子のパッケージに、美しい花畑が描《えが》かれていて、ずっと見てみたいと思っていたの！」

グリゼルダ王女が、キラキラした瞳でニオイスミレについて熱く語る。

彼女の言うニオイスミレの絵は、ココが描いたものだ。振り返ると、ココが嬉《うれ》しそうに頬《ほお》を染めていた。

ぜひとも案内したい、と思ったものの、今はスライムが大量発生するシーズンである。果たして大丈夫《だいじょうぶ》なのか。

扇《おうぎ》を広げ、義母に話しかける。

「お義母様、ニオイスミレのお花畑に王女殿下をご案内しても、大丈夫でしょうか？」

「王女殿下は大勢の護衛を連れているから、問題ないでしょう。セイレーン大公もいらっしゃるし」

「あの、ガブリエルを呼んだほうがいいと思うのですが」

私が案内するよりも、スライム大公であるガブリエルが案内したほうがいいような気がしていた。けれども、義母は首を横に振る。

「王女殿下は人見知りされているようだから、ガブリエルよりも、少し馴《な》れたフランセットさんのほうがリラックスして散策できると思います」

「たしかに、そうかもしれないですね」

なんとかなるだろう。そう思い、外出の準備を始める。

一時間後――私は屋敷の近くにあるニオイスミレのお花畑へ案内したのだった。

すでに春の盛《さか》りだったが、冷たい風が吹《ふ》いている。グリゼルダ王女は分厚い外套《がいとう》を着ているので、寒くないだろう。

私は薄手《うすで》のショールのみだったので、少し肌寒《はだざむ》い。服装を間違《まちが》ってしまったわけだ。

動いたら暖かくなるだろう。そう鼓舞《こぶ》しつつ、グリゼルダ王女を振り返った。

「ニオイスミレは今がシーズンで、見渡《みわた》す限りの花々が咲《さ》き誇《ほこ》っています。近づいただけで、香りが風に乗って漂ってくるのですよ」

そんな説明をしていたら、ニオイスミレの香りに気づく。

「本当だわ！　ニオイスミレのお花はまだ見えないのに、香りがする！」

王都では依然《いぜん》としてニオイスミレの香水《こうすい》や砂糖漬けが流行《はや》っているようで、スプリヌ地方からもたくさん出荷《しゅっか》している。スプリヌ地方のニオイスミレは香りも濃《こ》いようで、わざわざ「スプリヌ地方のニオイスミレの砂糖漬けがほしいわ」と言う人も増えてきたようだ。

森の木々の間を抜《ぬ》けていくと、ニオイスミレが咲いた開けた丘《おか》に出てくる。そこでは満開のニオイスミレが咲く光景が広がっていた。

セイレーン大公は目を見張っている。ここまでたくさん咲いているとは思っていなかったようだ。

「これは見事としか言いようがない」

「本当にきれいだわ！　それに、とってもいい香り」

グリゼルダ王女は私の手を握り、見に行こうと誘《さそ》ってくれた。

「夢のような光景ね。まるで、物語の世界みたい」

春のスプリヌ地方は、日中も少し霧《きり》がかっているので幻想的《げんそうてき》な雰囲気である。漂う霧はニオイスミレの濃厚《のうこう》な香りを運んでくれるのだ。

「今は地面がぬかるんでいるので難しいのですが、初夏になると地面が乾燥《かんそう》するので、ニオイスミレの花畑でお昼寝《ひるね》ができるんです。馨《かぐわ》しい香りに包まれて眠《ねむ》るのは、最高ですよ」

「ニオイスミレのお布団《ふとん》で眠るなんて、とってもすてきだわ！」

夏になったら再訪したい、とグリゼルダ王女は嬉しそうに話してくれる。これ以上光栄なことはないだろう。

「グリゼルダ王女、ニオイスミレのお花を摘《つ》んで、砂糖漬けを作りませんか？」

「わたしにも作れるの？」

「ええ。簡単ですよ」

しゃがみ込んで花を摘んでいく。グリゼルダ王女は花摘《はなつ》みさえも初体験だったようで、瞳を輝かせながらやってくれた。

「もうこれくらいで大丈夫かしら？」

「ええ、十分かと――」

言いかけたその瞬間、ゾッと全身に鳥肌《とりはだ》が立つ。視界の端《はし》で、何かがうごめいた。

透明《とうめい》な物体が飛び出してきたのと同時に、私はグリゼルダ王女を庇《かば》うように両腕《りょううで》を広げた。

スライムだ、と気づいたときには、護衛騎士《きし》によって切り伏《ふ》せられていた。

「グリゼルダ王女、大丈夫ですか⁉」

「え、ええ」

グリゼルダ王女は侍女に手を引かれ、下がっていく。

悪寒《おかん》が治まらない。なぜなのかと考えていたら、セイレーン大公から下がるように叫《さけ》ばれる。

「フランセット、後ろ‼」

振り返った先にいたのは、スライムの大群だった。

先ほど倒したスライムの中核《コア》が、点滅《てんめつ》するように怪《あや》しく光っている。これは、スライムの〝共鳴〟だ。

以前、ガブリエルが話していたのだ。スライムの中には、死したあと仲間を呼ぶ能力を持つ個体もいると。

これだけの数のスライムを、たった少数の護衛騎士達《きしたち》でどう倒せばいいのか――恐怖《きょうふ》で足が竦《すく》んでいる私の前に、セイレーン大公が躍《おど》り出る。

武器も持たずに何をするのか、と思っていたら、彼女は耳で聞き取れない発音で歌い始めた。

これは古代語なのだろうか。よくわからない。

空気がビリビリと震える。けれどもそれは不快なものではない。

美しい歌声が響《ひび》き渡《わた》った。

こちらへ接近していたスライムは、突然苦しみ始める。それだけでなく、中核が破壊《はかい》され、ドロドロに溶《と》けていった。

「こ、これはなんなの⁉」

「〝狂想曲《ラプソディ》〟」

私の疑問に、グリゼルダ王女が答えてくれた。

「マグリットは魔物《まもの》を倒す歌が得意なの」

それはセイレーン大公家に伝わる、とっておきの秘技だという。

かつて、多くの船乗りを海に沈《しず》めた魔物セイレーンを見事に倒したのも、この歌声だという。

スライムの大群は一匹《ぴき》残らず倒してしまったようだ。

「これが、〝魔法研究局の金獅子〟セイレーン大公……！」

二つ名に恥《は》じない戦いっぷりである。

振り返ったセイレーン大公は、私達を安心させるように淡《あわ》く微笑んだ。

そして、何事もなかったかのように話しかけてくる。

「皆《みな》の者、そろそろ帰ろうか」

すれ違いざま、セイレーン大公は私の肩《かた》をぽんぽんと叩《たた》いてくれた。それはまるで、私を励ますかのような行為《こうい》だった。

帰宅すると、顔面蒼白《そうはく》なガブリエルが待ち構えていた。すかさず、片膝《かたひざ》を突《つ》いてグリゼルダ王女に挨拶する。

「登場が遅《おそ》くなり、申し訳ありません。わたくしめはスライム大公、ガブリエル・ド・グリエットと申します」

ガブリエルの挨拶に、グリゼルダ王女はセイレーン大公に隠《かく》れながら応じる。やはり、彼女は人見知りをするようだ。

グリゼルダ王女はしばし休みたいと言うので、コンスタンスに客室へと案内してもらうように頼む。リコには紅茶とちょっとしたお菓子《かし》を運ぶよう命じておいた。

ガブリエルはセイレーン大公を前に、盛大《せいだい》なため息をつく。それだけでは終わらず、追及《ついきゅう》するような言葉を投げかけた。

「セイレーン大公、グリゼルダ王女を連れてくるとは、どういうことなのですか⁉」

「普段消極的なグリゼルダがどうしても行きたいって言うから、連れてきただけだ」

「スライムが大量発生している今のシーズンに来なくてもいいのに！」

「知らなかったのだ」

「スライムの大量発生については、魔物大公の会議で発表していたでしょう！」

「していた気もするが、ガブリエルの話、長くて眠くなるから、ぜんぜん覚えていなかった。すまなかったと思っている」

「あなたという女性《ひと》は‼」

セイレーン大公は馬を落ち着かせるように、「どーどー」と言いながらガブリエルの肩を叩いていた。

「実際、スライムの大群に襲《おそ》われたけれど、あっさり倒してしまったし」

「まさか、襲撃《しゅうげき》に遭《あ》ったのですか⁉」

「襲撃ってほどでもない。すぐに始末をしたから」

「そういう問題ではありません!!　春のスライムは、普段よりも凶暴《きょうぼう》で危険なんです!!」

「凶暴？　あの弱さで？」

「あなたはスライムの本当の恐《おそ》ろしさを知らないのです！」

だんだんと険悪な空気になっていくので、思わずふたりの間に割って入る。

「も、申し訳ありません！　私がニオイスミレのお花畑に行くのを止めなかったのが悪いのです!!」

出発前に危険だということに気づいていた。それなのに、グリゼルダ王女の護衛騎士がいるから大丈夫だろう、と判断したのは紛れもなく私である。

ガブリエルは私から目を逸《そ》らし、低い声で否定してくれる。

「決定の場には母もいたのでしょう？　ならば、フランのせいではありません」

まるで私が部外者のような言い方である。

たしかに私はガブリエルの婚約者《こんやくしゃ》なだけで、身内ではない。けれども、これまでスライム大公家の一員として暮らしてきた。

怒《おこ》られたほうがよかった、だなんて生まれて初めて思ってしまう。

ガブリエルとの間に、距離《きょり》を感じてしまった。

「まあまあ、気まずくなるな」

「あなたのせいで、気まずくなったんですけれど！」

「そんなことない。倦怠期《けんたいき》は誰《だれ》にだってあるから、あまり気にするな」

「倦怠期ではありません!!」

セイレーン大公とガブリエルのほうが、よほど気心が知れた関係に思える。

長身のふたりは、傍《はた》から見たらお似合いのカップルにも見えてしまった。

どくん、どくんと嫌《いや》な感じに鼓動《こどう》する。今すぐ、ここから逃げ出したくなるような気持ちになってしまった。

「フラン、具合が悪いのですか?」

「え?」

「顔色が悪いです」

ガブリエルが伸《の》ばした手を、サッと避《さ》けてしまった。その瞬間、くらりと目眩《めまい》を覚えたが、なんとかふんばる。

彼《かれ》の手を受け入れなかったからか、余計に気まずくなってしまう。

「少し、休んだら治るわ。申し訳ないけれど、あとのことは、お願い」

お客様へのもてなしをガブリエルに任せるのは悪い気もしたが、そもそも私はまだスライム大公家の人間ではない。

少し出しゃばり過ぎていたところもあるのだろう。

「フラン、スライムの襲撃で、ケガをしたのではありませんよね?」

「ええ、平気。グリゼルダ王女の護衛騎士と、セイレーン大公が守ってくださったから」

こちらを眺《なが》めるセイレーン大公に深々と会釈し、その場を去る。

ズキズキと痛む胸を押《お》さえながら、私は部屋へ駆け込《こ》んだのだった。

◇◇◇

それからニコが用意してくれたお風呂《ふろ》にゆっくり浸《つ》かり、寝台《しんだい》に転《ころ》がり込む。

お腹は空《す》いていなかったので、夕食は断った。

何も口にしていなかったものの、アレクサンドリーヌが菜っ葉を食べる様子を眺めていたら、お腹がいっぱいになったような気がする。

だんだんと具合が悪くなっていくような気がしてならない。

おそらく、寒空の下を薄着《うすぎ》で散策したので、風邪《かぜ》を引いてしまったのだろう。自己管理の甘《あま》さに、自分のことながら呆《あき》れたの一言である。

眠るのにはかなり早いが、熱っぽいような気がしたので休ませてもらおう。

途中《とちゅう》、ニコが氷枕《こおりまくら》を運んできてくれた。お風呂に入るときに、頭が痛むと言っていたので用意してくれたのだろう。その後、リコが濡《ぬ》れた布を額に載《の》せてくれる。ココはお腹が空いたときに食べられるように、サンドイッチを運んでくれた。

皆の看病を受けながら、こんこんと眠る。

ふと、夜中に目覚める。額にひんやり冷たい物が載っていて、心地《ここち》よかった。

濡れた布より冷たいけれど、氷ほど冷えるわけではない。これはいったいなんなのか、と触《ふ》れてみると、プルプルしていることに気づく。この触《さわ》り心地《ごこち》には、覚えがありすぎた。

「これは――もしかしてプルルン⁉」

『そうだよお』

私の額から枕《まくら》に着地したプルルンは、私の頬にぴったりと密着する。ひんやりしていて、とても気持ちがいい。

「どうしてここに？」

『ガブリエルが、ここにいてくれって、おねがいしたからー』

「そうだったの」

私を心配し、プルルンを残していってくれたのだろう。

彼について考えると胸がじくりと痛むのは、先ほど感じた疎《そ》外感《がいかん》を思い出してしまったからだろう。

『フラ、どうかした？　こころが、げんきなーい』

プルルンに指摘《してき》され、なんとも言えない気持ちになる。ガブリエルと出会って、こういう感情に苛《さいな》まれることは初めてだったので、戸惑っているのかもしれない。

「私、とても不安なの」

『ふあん、どうして？』

「このままガブリエルと結婚《けっこん》しても、心から頼《たよ》ってくれないのでは、と思ってしまったから」

今日、ガブリエルと私の間に、壁《かべ》があったのをはっきり自覚した。これまでもあったのだろうが、鈍感《どんかん》な私は気づいていなかったのだろう。

その壁は高く、分厚いように思えた。乗り越《こ》えるのはたやすいことではない。

けれども、セイレーン大公はあっさりと飛び越えているように思えた。ふたりの関係は、特別なもののように思えてならなかったのだ。

「私、このままガブリエルと結婚していいのかしら？」

『けっこんしないと、ガブリエル、こまる！』

「そうだったわね」

私は都合がいい結婚相手だったというのを、すっかり忘れていた。一緒《いっしょ》に過ごしているうちに、ガブリエルが私を見初《みそ》め、結婚を申《もう》し込んでくれたものだと勘違《かんちが》いしていたのだ。

「私は私の役目を果たすだけでいいはずなのに、どうして不安になったのかしら？」

『フラが、ガブリエルのこと、よくしらないから、だよお』

「ガブリエルのことを、知らない？」

『ガブリエルのしゅみは？　とくぎは？　すきなたべものは？』

「ぜんぜん知らないわ」

お菓子はなんでもおいしいと言って食べてくれたし、いつもいつでも私がしたいことに付き合ってくれた。スライムについて研究しているという話は聞いていたけれど、具体的に何をしているのかは把握《はあく》していなかった。

言われてみれば、ガブリエルは自分自身についてあまり語らない。私ばかり話して、やりたいことをやっていた気がする。私が納品していたお菓子をガブリエルが買っていたという話だって、最近知ったくらいだ。

ガブリエルは自身について隠そうとしているわけではない。これまで私がたくさん喋《しゃべ》るので、自分について語る機会がなかっただけなのだろう。

「どうしましょう。私、恥ずかしいわ！」

ガブリエルのことをよく知らずに不安になるなんて、自分勝手としか言いようがない。

『だいじょうぶだよお。これから、しればいいから』

「そ、そうよね」

ちなみに、好きなお菓子を知っているのか、プルルンに問いかけてみる。

『フラがつくる、さくらんぼのクラフティがおいしかったって、うれしそうにはなしていたよ』

「そう。元気になったら作ってみるわ」

『プルルンもおてつだいするう』

「ありがとう、プルルン」

その日の晩は、プルルンを抱《だ》いて眠りに就《つ》いたのだった。

翌日——私の熱はすっかり引いていたものの、グリゼルダ王女やセイレーン大公に移したら大変なので、療養《りょうよう》に努めた。

ニコ、リコ、ココを呼び出し、グリゼルダ王女と約束していたニオイスミレの砂糖漬け作りをしてもらうよう頼んでおく。私の提案だったので、責任を持ってしたかったのだが、今日ばかりは仕方がない。

アレクサンドリーヌは心配してくれたのか、家禽騎士隊《かきんきしたい》の騎士舎に出かけず、私の傍《そば》でガアガアと鳴いてくれた。

プルルンもいろいろと話しかけてくれる。

昨日より食欲は戻《もど》ってきているようで、料理長が作ってくれたオートミール粥《がゆ》を完食できた。だいぶ元気になったような気がする。

お昼過ぎにはリコが「グリゼルダ王女からです」と言って、かわいらしいブルーベルの花束を届けてくれた。

庭を散歩したときに、手ずから摘んでくれたらしい。紫《むらさき》の美しい花を見ていると、心が癒《い》やされる。枕元《まくらもと》にある円卓《えんたく》に飾ってもらった。

感謝の気持ちを書き綴《つづ》ったカードを、リコに運んでもらうように頼む。

予定通りリコやニコ、ココとニオイスミレの砂糖漬けを作ったらしい。それ以外にも、ガブリエルの案内で工房《こうぼう》や店舗を見学し、王妃殿下へお土産を買ったり、村を散策したりとグリゼルダ王女は充実《じゅうじつ》した一日を過ごしたようだ。

私は普段できないことを、と思って刺繍《ししゅう》をしていたら、やってきた義母に取り上げられてしまう。なんでも刺繍は病人がやることではないらしい。代わりに、義母が読んでいた本を貸してくれた。

ロマンス小説かと思いきや、活劇冒険物《ぼうけん》だった。これが思いのほか面白《おもしろ》くて、一気に読んでしまう。あとで、義母の感想を聞かなければ、と思ってしまった。

夕方になるとお風呂に入り、取り替《か》えられた清潔な布団やシーツの上に寝転《ねころ》がる。

ここ最近、忙《いそが》しく過ごしてきたからか、いい休暇《きゅうか》になったような気がした。

お昼寝をしたので、まだ眠れそうにない。義母から別の本を借りようか、と考えていると、セイレーン大公がやってきた。

「具合はどうだ？」

「よくなりました。明日は、お見送りできると思います」

「無理はしないほうがいい」

「ありがとうございます」

明日の朝には、セイレーン大公とグリゼルダ王女は王都に帰ってしまう。もともと短い期間の滞在《たいざい》予定だったのだ。

「あの、セイレーン大公」

「なんだ？」

「私に、話したいことがあるって、言っていましたよね？」

もしかしたら、ガブリエルとの婚約《こんやく》を解消してほしい、と言ってくるのではないか、と気になっていたのだ。

途端《とたん》に、セイレーン大公は気まずげな表情を浮《う》かべる。

「いや、その話は少し待つように、ガブリエルに言われたんだ」

やはり、ガブリエルが関わることだったのだ。

胸に重たい鉛玉《なまりだま》を抱《かか》えているような、憂鬱《ゆううつ》な気分になる。

気持ちが暗い方向へ沈みそうになっていたが、先ほどプルルンと話し合ったことを思い出した。私はガブリエルについて、まだ知らないところがたくさんある。そのため、このように不安になってしまうのだろう。

らしくない！　と心の中で自らを奮い立たせる。

「わかりました」

「また今度、元気になったときにじっくり話そう」

セイレーン大公は口元に手を当てて、何か思い出し笑いをしているようだった。

「ガブリエルが昼間、おかしな行動をしていてな」

「どうかしたのですか？」

「ああ、どうかしていた。貴殿《きでん》を心配するあまり、王女殿下《でんか》を案内しないといけないのに、どこか上の空で」

「ご心配をかけてしまったのですね」

昨日、ガブリエルが差し伸べた手を避けてしまった。それを、気にしているかもしれない。

「食事も上手《うま》く喉《のど》を通っていなかったみたいで、見ていて気の毒だった」

「それは私が原因なのでしょうか？」

「ああ、間違いないな」

ならばすぐに謝罪をしたほうがいいだろう。本当に悪いことをした。

「ガブリエルの脳内は、貴殿のことでいっぱいらしい。それなのに、見舞《みま》いもできないなんて、可哀想《かわいそう》だとしか言いようがない」

「あの、見舞いができないというのは、どういうことですか？」

「見舞いに行ったら、貴殿の眠りを妨《さまた》げると思っていたようだ」

「だから、昨晩も私が寝《ね》たあとに来たのですね」

「そうだったのか。なんていうか、不器用な男だな。まどろっこしいったらありゃしない」

知らなかった。ガブリエルがそこまで私に気を遣《つか》っていたなんて……。

「顔を見せてくれたほうが嬉しいと、伝えたらよかったですね」

「ああ、そうだな。婚約者であれど他人が思っていることなんて、察することができるわけないから。最終的には自分自身で勝手に想像して、こういうふうに考えているんだって決めつけてしまう」

セイレーン大公の言葉に、どきんと胸が脈打つ。

昨日感じた疎外感だって、私の勝手な思《おも》い込みである可能性がある。間違っていなかったとしても、どうしてそのように思ったのか、ガブリエル自身から話を聞いたほうがいい。

お互《たが》いを知るには、徹底的《てっていてき》に話し合うのが大事なのだ。

「思いのほか、元気だったと伝えておこう」

「いえ、私が直接、彼に伝えます」

一日休んだのでもうすっかり元気だし、と言って寝台から出ようとしたら、セイレーン大公に制止される。

「待て待て。今、歩き回ったら、また具合が悪くなるかもしれないだろう。私が伝えておくから、安心しておけ」

「しかし――」

「顔を見て話したがっていた、とも伝えておくから」

噛《か》んで含《ふく》めるようにここで大人しくしておくように言われ、私はしぶしぶ頷く。

「セイレーン大公、その、ありがとうございます」

「礼を言いたいのは、私のほうだ」

感謝されるようなことをしただろうか、と首を傾《かし》げてしまう。そんな私の様子を見たセイレーン大公は、淡く微笑みながら話し始める。

「楽しそうなグリゼルダを見たのは、初めてだった。実の両親や兄弟《きょうだい》にも遠慮してしまうような子だから」

だからありがとう、そう言って、セイレーン大公は部屋から去って行った。

それから五分と経《た》たずにガブリエルがやってくる。彼の腕には細長く伸びたプルルンが巻きついていた。私を見つけるなり、嬉しそうに傍に寄ってくる。

「ガブリエル、こんな時間に来てくれて、ありがとう」

「いえ。顔色はよくなったと家令から聞いていたのですが、叶《かな》うものであれば直接顔を見て話したいと思っていました。ただ、迷惑《めいわく》かもしれない、とも思ってしまいまして」

「そんなことはないわ」

なんというか、私達はお互いに遠慮《えんりょ》し合っていたようだ。こうして話さなければ、気づかなかったことである。

「どうぞ、そこに座《すわ》って」

「ありがとうございます」

ガブリエルは少し気まずそうな表情を浮かべていた。昨日、私がおかしな態度を取ってしまったからだろう。

「あの、昨日はごめんなさい」

「え、昨日？　すみません、なんの話ですか？」

「あなたが手を差し伸べてくれたのに、握《にぎ》ることができなかったから。もしかして、覚えていなかった？」

「いえ、覚えていましたが、今はそれどころではなくて」

いったいどういうことなのか。首を傾げてしまう。

「何か気がかりなことがあるの？」

「いえ、その、なんと言いますか、私の婚約者とはいえ、結婚前の女性の寝室《しんしつ》に立ち入るのは悪いことをしているように思えて」

そんなことを気にしていたのか。しかし、今さらな話である。

「昨日の深夜、ここにやってきたのに？」

「起きていたのですか？」

「いいえ。プルルンから聞いたの」

「そう、だったのですか」

ここでも、ガブリエルは何か言葉を呑《の》み込んで、私に対して何か遠慮しているように思える。

セイレーン大公と話すときのように、思ったことはズバズバ言ってほしいのに。

もどかしさと、切なさと、ほんの少しの悲しみと。複雑な感情が入り交じる。

これらの気持ちをなんと表せばいいものか。と考《かんが》え込んでいたら、プルルンが顔を覗《のぞ》き込み話しかけてきた。

『ねえフラ、おこっている？』

プルルンが投げかけた言葉に、ハッとなってしまう。私は今――怒っているのかもしれない。

人によって態度を変えるガブリエルに。

なぜ、彼は私に対して酷《ひど》く気を遣っているのだろうか。

彼について知るために、勇気を振《ふ》り絞って尋《たず》ねてみた。

「ガブリエル、あなた、私に遠慮している？」

「なぜ、そのように思ったのですか？」

「それは……なんとなく」

まだ、セイレーン大公に対する態度と、私に対する態度が違《ちが》っていたから、なんて言える勇気は持ち合わせていなかった。

婚約者なのだから、なんでも話して欲《ほ》しいし、厳しい態度を取ってもいい。それなのに彼は、いつまで経っても私を姫君《ひめぎみ》か何かのように大切に扱《あつか》う。

「私はあなたに対して、遠慮をしているつもりはありません」

「だったらどうして、セイレーン大公とグリゼルダ王女をニオイスミレのお花畑に連れて行ってしまったことを、責めなかったの？」

打ち解けた関係であれば、あの場でなくとも叱《しか》っていたはずだ。大切な客人を、危険な目に遭わせてしまったから。

「それは、昨日の事件は、私がセイレーン大公を出迎《でむか》えていたら、起こらなかった事件だったので、私自身に責任があると思っていました。フランは悪くありません」

ガブリエルは深々と頭を下げ、謝罪する。

「本音を打ち明けなかったことで、あなたに不快な思いをさせてしまい、申し訳ありませんでした」

彼の言葉に、プルルンが付け加える。

『ガブリエルはぶきよう！　たよることをしらない！』

「そう、ですね。これまでひとりでなんでもやってきたので、私はなんでもかんでも自分ひとりでしなければならない、と思い込んでいたところがあったのでしょう」

ガブリエルは今にも泣きそうな表情で、私を見つめる。

父親が失踪《しっそう》し、彼は若くしてスライム大公家を継ぐこととなった。何をするにも手探《てさぐ》りで、頼れるような人はおらず、たったひとりで頑張《がんば》ってきたのだ。

そんな環境《かんきょう》だったので、責任のすべてを背負《せお》い込むのが当たり前だと思い込むのも無理はなかったのだろう。

それに、遠慮しないで頼ってほしい、とはっきり口にしなかった私にも非はある。

私がガブリエルについてわからないのと同じように、彼もまた私についてよくわからない部分があるのだろう。

ならば、伝えなければいけないことはひとつだけだ。私はガブリエルの手を取り、訴《うった》える。

「ガブリエル、私はあなたに頼ってほしいの。一緒に頑張りたいと思っているのよ」

初めこそガブリエルが立て替えてくれた二十万ゲルトと引き換《か》えに結婚しようと決意した。

けれども今では、彼の助けになりたいと望んでいる。

あとは、ガブリエルが私を受け入れるだけなのだろう。

「私をもうひとりの自分のように考えてくれたら嬉しいけれど、まだまだ実力不足だと思うわ。これから何年もかけて、頼りになる妻になる予定だから、あなたがつまらないと思うことでも、相談してほしいの」

「フラン……！」

ガブリエルは私の体を優《やさ》しく引き寄せ、ぎゅっと抱きしめる。耳元で「ありがとうございます。嬉しいです」と囁いてきた。

どくん、と胸が高鳴る。少しだけわかり合えたような気がして、とても嬉しかった。

しばし抱擁《ほうよう》を交《か》わしたあと、彼から離《はな》れる。温《ぬく》もりは名残惜《なごりお》しいが、いつまでもこうしているわけにはいかないだろう。

改めて、昨日のことについて、感謝の気持ちを伝えた。

「ガブリエル、昨日は、プルルンを連れてきてくれてありがとう」

「役に立ちましたか？」

「ええ、とても心強かったわ。あなたとお喋りできたら、もっと嬉しかったのだけれど」

「そうだったのですね。今度からは、遠慮をしないようにします」

私はその言葉が聞きたかったのだ。嬉しくて、私のほうから抱きついてしまう。

ガブリエルは耳まで真っ赤にさせながらも、優しく抱き返してくれた。

彼は私から離れずに、耳元で囁く。

「フラン、実はひとつ、相談したいことがありまして」

「何かしら？」

「元気になったら相談します。今日のところは、ゆっくり休んでください」

いったい何を相談してくれるのか気になるものの、ガブリエルの言うとおり、今晩は体調の回復に努めよう。

ガブリエルの手を借りつつ、横たわる。プルルンは今日も、添《そ》い寝してくれるようだ。

「フラン、おやすみなさい」

「ええ、おやすみ」

寝室の扉《とびら》がぱたんと閉まったあと、ハッと我に返る。

セイレーン大公との関係も聞こうと思っていたのに、すっかり忘れてしまった。

けれども、いいかと思ってしまう。

私とガブリエルにはたくさん時間がある。今日でなくても、聞く機会はたくさんあるだろう。

翌朝――朝食を食べたあと、セイレーン大公とグリゼルダ王女は帰っていった。

ガブリエルや義母と共に見送る。

馬車が見えなくなると、義母は盛大なため息を零《こぼ》した。

「はあ。まさかグリゼルダ王女がいらっしゃるなんて。寿命《じゅみょう》が百年は縮んだわ」

「平然としているように見えたのですが」

「ガブリエル、ばかを言わないで。平気なわけないじゃない。落ち着いているように見えたのは、年の功よ」

私も義母のように、感情を表に出さないような淑女《しゅくじょ》になりたい。見本にしたい貴族女性が傍にいることを、心から感謝した。

義母が去ったので、私も部屋に戻ろうとしたら、ガブリエルが私の手を握る。

「どうかしたの？」

「いえ、フランのおかげで、グリゼルダ王女にスプリヌ地方での滞在を楽しんでいただけたようなので、感謝の気持ちを伝えたいな、と思いまして。本当にありがとうございました」

改めて感謝されると、照れてしまう。

「でも、半分以上寝込《ねこ》んでいたから、すべて私の手柄《てがら》ではないのだけれど」

「そんなことありません。セイレーン大公をもてなそうと、何日も前からいろいろ計画していたのでしょう？　用意していた菓子の品数を聞いて、驚《おどろ》きました」

「それも、菓子職人達の手を借りてしたことだし」

「しかしフランが計画しなければ、何もなかったものばかりです」

ここまで褒《ほ》められると、盛大に照れてしまう。

今までは何かしても、メルクール公爵《こうしゃく》の娘《むすめ》として生まれた者ならば当たり前だとばかりに、他人から評価されることなどなかったからだろう。

「フラン、あなたは自慢《じまん》の婚約者です」

「え、ええ。ありがとう。これからも、ガブリエルの婚約者だと胸を張れるように、頑張ってみせるわ」

「これ以上、何を頑張ると言うのですか。あなたは日頃《ひごろ》から絶え間ない努力をしているというのに」

「ガブリエルには負けると思うけれど」

なんだかんだと言って、私達は似た者同士なのかもしれない。

まだまだお互いに遠慮し合っているところがあるから、何か思う点があれば我慢《がまん》せずに話し合うことが大事なのだろう。

「昨日言っていた相談は、午後からでも問題ないでしょうか？」

「ええ、もちろん」

コンスタンスから今日の外出は禁じられているのだ。午前中はガブリエルが大好物だという
さくらんぼのクラフティを作ろう。

『フラー、おりょうり、てつだうよお』

「プルルン、ありがとう。助かるわ」

力強い助《すけ》っ人《と》と共に、厨房《ちゅうぼう》へと向かった。

エプロンをかけ、気合いたっぷりに調理台の前に立つ。

『フラ、ガブリエルに、クラフティ、つくるの？』

「ええ、そうよ」

『ガブリエル、よろこぶ！』

「だといいけれど」

この辺りの郷土料理であるクラフティの味は、各家庭で異なるらしい。以前、スライム大公家の菓子職人から作り方を習っていたのだ。

湖水地方のアヒル堂でもクラフティを販売《はんばい》しようと話が持ち上がり、試作品を作った。しかしながら、自分の家のクラフティが一番おいしい、という結果に終わり、商品化は叶わなかったのである。

古くから愛されているお菓子を販売する湖水地方のアヒル堂としては、各家庭のお母さんが作るお菓子が最大のライバルなのだ。

スライム大公家に伝わるのは、ガブリエルの叔母《おば》であるモリエール夫人が大好物だと話していた逸品《いっぴん》だ。

王都で販売されているクラフティの多くはタルトに生地《きじ》を流して焼くものだが、スライム大公家のクラフティはタルト生地を作らず、皿に生地を流《なが》し込んで焼くのが定番らしい。

「プルルン、始めるわよ」

『わかったー』

まずはクラフティでもっとも重要な液体状《アパレイユ》の生地作りから始める。

小麦粉にアーモンドプードルを加え、顆粒《かりゅう》砂糖を混ぜ合わせる。そこに、溶き卵《たまご》を少しずつ流し込んで撹拌《かくはん》。

さらに、生クリームと牛乳、バニラビーンズを加えて混ぜ合わせる。

プルルンが次々と材料を渡してくれるので、スムーズに生地が仕上がった。

続いて、クラフティのアクセントとなるさくらんぼを仕込《しこ》まなければならない。

さくらんぼのシーズンはまだ先だ。そのため、去年収穫《しゅうかく》し、コンポートにして保管していたものを使う。

スプリヌ地方では、サワーチェリーという品種でクラフティを焼くのが定番だという。

このサワーチェリーというのは生で食べるととても酸《す》っぱいのだが、加熱すると途端に甘くなるのだ。

サワーチェリーは外に売るほど作っていないようで、スプリヌ地方のみで消費されるという。

王都のクラフティと風味が異なるわけである。

今回、クラフティ作りに使うサワーチェリーはコンポートにしてあるものなので、生地に入れる砂糖は控《ひか》えめにしておいた。

耐熱皿《たいねつざら》にバターをたっぷり塗《ぬ》り、さくらんぼを並べていく。これに生地を流し込み、温めていた窯《かま》で焼いたら、クラフティの完成である。

作るのは久しぶりだったが、思いのほか上手くできた。

『うわー、きれいに、やけたねえ』

「本当に」

『ガブリエル、なきながら、たべるよお』

「そこまでじゃないと思うけれど」

ひとまずガブリエルが帰ってくるまで、クラフティはお預けである。試食はできないので、上手く焼けていますように、と祈《いの》るほかない。


やわらかな風が吹《ふ》く午後――今日は暖かいので、庭にある東屋《あずまや》でクラフティを食べることにした。

午前中に焼いたクラフティに、一工夫《ひとくふう》加える。

クラフティに粉砂糖を振りかけ、火で熱したお玉を当てて、表面をカリカリに仕上げる。

そんなとっておきのクラフティを囲んで、お茶をするのだ。

今のシーズンはアーモンドの花が満開で、大変美しい。花を眺めていたら、ガブリエルがやってきた。

「フラン、お待たせしました！」

「大丈夫《だいじょうぶ》。私も今来たところだから」

慌《あわ》ててやってきたのだろう。肩や髪《かみ》にアーモンドの花びらが付いているのに気づいていないようだ。

背伸《せの》びをして手を伸ばしたが、ギョッとされた。

「あ――ごめんなさい。肩や髪にたくさん花びらを付けていたものだから」

「は、花びら、でしたか！　すみません、びっくりしてしまって」

「いいえ。言ってから払《はら》えばよかったわね」

驚かれてしまうのは、私にこうされることに慣れていないからなのだろう。

一緒にいるのが当然で、自然な態度でいられるようになるには、彼と長い時間を過ごさないといけないのかもしれない。

もっと彼の世話を焼いて、慣れさせなければ、と思ってしまう。

気を取り直して、本日のお菓子を紹介《しょうかい》した。

「今日はクラフティを焼いたの。上手くできているといいんだけれど」

「クラフティですか。大好物なんです」

「よかった」

視界の端《はし》にいたプルルンが、パチンと片目を瞑《つぶ》る。プルルンのおかげで、ガブリエルに喜んでもらえた。

ナイフでクラフティを切り分け、お皿に盛り付ける。上手く載せることができたので、ホッと胸をなで下ろした。

ココがあつあつの紅茶を運んでくる。カップに注がれた紅茶は、さわやかな春の香りを運んできてくれたようだった。

「では、いただきますね」

「お口に合うといいんだけれど」

以前、クラフティを焼いたのは去年の初夏。さくらんぼの旬《しゅん》だった。

今回はコンポートで作ったものだったので、おいしいかドキドキである。

「このクラフティは、砂糖をまぶし、焼き目をつけて仕上げているのですね」

「ええ、そう」

「こういうふうにしているクラフティは、初めてです」

クラフティを口にした瞬間《しゅんかん》、ガブリエルはカッと目を見開く。

「これは――おいしいです！」

ガブリエルの言葉を聞いたあと食べた私も、こくこくと頷《うなず》く。

表面をブリュレ状に仕上げることによって、甘みにビターさが加わり、大人の味になっている。クラフティがさらにおいしくなったというわけだ。

「フラン、王都のクラフティは、このように表面がカリカリなのですか？」

「いいえ、これはよくブリュレというお菓子にされているものなの」

クラフティの生地にも合うだろうと確信し、今日、初めてやってみたのだ。

「なるほど。フランの知識と、スプリヌ地方のクラフティが融合《ゆうごう》した味なのですね」

「ええ、そう！」

「すばらしいです」

私達《たち》の結婚も、このクラフティのように上手くいったらいいな、と改めて思ってしまった。

異なるものを上手く組み合わせるのは大変だろうが、私は努力を惜《お》しみたくない。

ガブリエルはクラフティをあっという間に完食する。おいしかったようで、二切れも食べてくれた。

「すみません、話をするつもりが、普通《ふつう》にお茶をしてしまって」

「いいえ、楽しかったわ」

ガブリエルが私に相談することがある、ということで開かれたお茶会だったが、彼について深く理解するいい機会だと思い、話しかけてみる。

「ガブリエルはどういうお菓子《かし》が好きなの？」

「私ですか？　これまでさほど菓子を食べていたわけではなかったのですが——不思議とフランの菓子ばかり好むようになりまして」

「そ、そうなの。嬉《うれ》しいわ」

私が作ったお菓子をたくさん買って食べていた、という話は聞いていたものの、改めて彼の口から聞くと照れてしまう。

ちなみにもとからお菓子が好きだったわけではないらしい。私のお菓子が好きだなんて、光栄だとしか言いようがない。

「普段《ふだん》は趣味《しゅみ》とか、どんなことをするのが好きなの？」

「そうですねえ。基本的には仕事に追われて一日が終わる、という感じなのですが、敢《あ》えて言うのであれば、フランが話すことを聞くのが好きです」

ガブリエルのまさかの趣味を知り、羞恥心《しゅうちしん》に襲《おそ》われることとなる。

「私ばかりいつも楽しい思いをして、申し訳ないと思っているのですが」

「そうだったの？　私、喋りすぎなんじゃないかって、思っていたんだけれど」

「そんなことありません！　もっともっと、たくさん聞かせてください」

火照《ほて》る頬《ほお》を指先で冷やしつつ、彼の言葉に頷く。

「わかったわ。でも、ガブリエルの話も聞きたいの」

「私の、ですか？」

「ええ。あなたについて、ささいなことでもいいから知りたいわ」

「そういうふうに言っていただけたのは、生まれて初めてで……嬉しいです」

喋りたくないわけではなかったことが明らかになり、ホッと胸をなで下ろす。

プルルンが言っていたとおり、私はガブリエルについて知らなすぎたのだろう。

それからガブリエルと、たわいもない話をする。スプリヌ地方にやってきてからというもの、このようにのんびり過ごしたのは初めてだったかもしれない。

ガブリエルは幼少期の思い出や、義母の武勇伝、父親の話など、さまざまな話を聞かせてくれた。

これまでどういった出来事や思い出があり、何を思ったという話を聞いていると、ガブリエルについての理解が深まる。

私には姉がいたが、ガブリエルはひとりっ子だった。そのため、余計に誰《だれ》かに頼るという思考に至らなかったのだろう。

同時に、これまでの私は姉を頼ってばかりで、甘やかされて育ったのだと気づいてしまった。心の中で、隣国《りんごく》にいる姉に感謝したのは言うまでもない。

私と彼《かれ》はこういう時間を今後も増やすべきなのだろう。

「ガブリエル、たくさん話してくれてありがとう」

「こちらのほうこそ、聞いてくださり、とても嬉しかったです」

話を聞けば聞くほど、私と彼は性格や思考が異なる。何もかも違うので、自分の考えだけで理解しようと思うこと自体、間違《まちが》っていたのだ。

これからは何か疑問に思ったら、悩《なや》まずに会話したほうがいい。そんな気づきがあった。

「そろそろ本題に移りますね」

「ええ」

珍《めず》しく、ガブリエルは私に相談事があると言っていたのだ。いったい何だろうか。

背筋をピンと伸《の》ばし、ガブリエルの話に耳を傾《かたむ》ける。

「魔物《まもの》大公の会議に関連することなのですが」

毎年年に一度開催《かいさい》される魔物大公の会議——各地に散り散りになっている魔物大公が集まり、魔物についての現状を話し合う場だ。

「そこでは毎回、土産《みやげ》を渡《わた》し合うのですが」

皆《みな》、地方の銘品《めいひん》を持ちよってくるようだが、ガブリエルは毎年頭を悩ませているらしい。

「ある年は家禽《かきん》ハム、ある年はベリージャム、ある年はキノコの塩漬け。そろそろネタ切れでして。今年はフランにお任せしてもよろしいでしょうか？」

稀少《きしょう》で特別な物は用意しなくてもいいらしい。なぜかといえば、魔物大公の会議に持ち込《こ》まれたお土産は、新聞で報じられるからだという。

「なるほど。お土産を交換《こうかん》するのと同時に、領地の特産品を紹介する場でもあるのね」

「そうなんです」

気合いが入った珍しい物を持って行くと、需要《じゅよう》と供給のバランスが崩《くず》れてしまうわけだ。

「お願いできますか？」

「もちろんよ。任せて」

魔物大公の会議に持って行くお土産の選定という大役を、私はガブリエルから引き受けた。

◇◇◇

昨晩、魔物大公の会議に持参するお土産についてうんうん唸《うな》りながら考えたが、アイデアは浮かばなかった。

助けを借りようと思い、ニコとリコ、ココを呼び出す。

「はあ、魔物大公の会議に持って行くお土産ですか」

「大役を担《にな》いましたね」

「私達で助けになればいいのですが」

やはり、お土産というからには、ありきたりなものでないほうがいい。けれども珍しい物だと、後ほど販売するという点で問題が生じる。

「新聞で報道されるからには、これは！　と思うお土産を持って行ってほしいの」

「難しい課題ですね」

ニコが眉尻《まゆじり》を下げつつ、言葉を返す。

「フランセット様、ここには王都の方々が珍しいと思うような品はないですよ」

リコは悲しい現実を教えてくれた。

「王都にはなんでも揃《そろ》っていますからねえ」

ココは私でも知っている情報を呟《つぶや》く。

「やっぱり、そう思うわよね」

ニコ、リコ、ココの三人は同時に頷いた。

「安定して生産できるものという視点で考えたら、ニオイスミレのクッキーなのよね」

ニオイスミレのクッキーはすでに王都で販売開始されており、珍しいものでもなんでもない。

セイレーン大公はお土産として、二十個以上購入《こうにゅう》していたのだ。改めて持っていっても、なんの感動もないだろう。

「う～ん。う～～～ん。悩ましいわ」

王都では依然《いぜん》として、ニオイスミレを使ったお菓子が人気らしい。

「せっかくだから、日持ちするものがいいわよね」

湖水地方のアヒル堂のお菓子は保存料が入っていないため、基本的に長期にわたって食べられるものではない。

「ケーキは二日、焼き菓子は五日前後――保冷庫の中だったらもう少し大丈夫かもしれないけれど、すべての家庭にあるわけではないし」

「でしたら、飴《あめ》とかいかがでしょうか？」

「なるほど。飴だったら、たしかに長期保存もできるわ」

砂糖は水分を吸収しやすい性質があり、細菌《さいきん》が繁殖《はんしょく》しにくい、という情報をガブリエルの部屋にあった本から学んだ。

そんな事情もあり、砂糖が多く水分が少ない飴は保管に向いた食べ物なのだ。

「ただ、ニオイスミレの飴は王都の名物でもあるのよね」

今さら作っても、昔からある銘菓《めいか》には勝てないだろう。

「飴みたいに砂糖と水分が少ないお菓子ってあるかしら？」

「スミレの砂糖漬《さとうづ》け、とかですか？」

生のニオイスミレを使った砂糖漬けは、当日のうちに食べてしまわないといけない。

「でも、飴みたいな、長期保存ができるニオイスミレの砂糖漬けを作れるかしら？」

腕《うで》を組んで悩んでいたら、リコがある助言をしてくれた。

「フランセット様、王都で流行《はや》った珍しいお菓子の、ニオイスミレ版を作るのはどうでしょうか？」

「それはいいわね！」

去年、王都で流行ったものと言えば、食べる宝石と呼ばれた〝琥珀糖《こはくとう》〟だろう。

琥珀糖というのは砂糖と寒天、着色料を混ぜて作るお菓子だ。たしかあれは、会社が在庫を抱えすぎたせいで、倒産《とうさん》してしまった。

王都の流行は激しく移り変わるので、ひとつの商品で勝負したのが間違いだったのだろう。

ひとまず、この件に関しては一度菓子職人と話し合おう。

もしも新しいニオイスミレの琥珀糖を作れなかったときのために、もうひとつ策を打っておく必要がある。

「受け取ったときの驚きみたいなものは欲しいわ」

つまり、パッケージにこだわりたいのだ。

いつもは缶《かん》に詰《つ》めて提供しているものの、それとは異なる物で勝負したい。

一時間ほど、ああでもないこうでもないと話し合ったが、これだ！　というアイデアは浮かばないまま。

「少し休憩《きゅうけい》しましょう」

「だったら、私は紅茶を用意します」

「私はお菓子を」

「お湯を沸《わ》かしてきますね」

ニコとリコ、ココがいなくなり、ひとりになってからも考える。

「だ、だめだわ……！」

「甘《あま》い物を食べたら、何かいい案が浮かぶでしょう」

リコは私を励《はげ》ましつつ、菓子器《かしき》をテーブルにそっと置いた。

「――え、何それ？」

見たことのない、卵型をした菓子器である。真珠《しんじゅ》のような照りがあり、大きさは手のひらに乗る程度。表面にはアヒルの絵が描《えが》かれていた。

中に入っていたのは、ベリー風味の飴だった。

「こちらはニコの私物でして」

「いいえ、そうじゃなくて、この菓子器自体が気になったの」

このような形と大きさの菓子器を見たのは初めてである。なんとも惹《ひ》かれるシルエットだったのだ。

「こちらは〝ボンボニエール〟と呼ばれる、スプリヌ地方に古くからある磁器製の菓子器です」

「磁器⁉　スプリヌ地方では、磁器も作っていたの？」

「ええ……。大昔の話になるのですが、貴族の依頼《いらい》を受けて、磁器を作っていた期間があったようです」

大量の投資をさせ、磁器を作っていたようだが、その貴族は没落《ぼつらく》してしまった。

その後、工房《こうぼう》は庶民《しょみん》向けの磁器を作り始めたという。

ここで、ピンと閃《ひらめ》いた。このボンボニエールにニオイスミレの砂糖漬けを入れて渡すのはどうだろうか。

王都でこういう形の菓子器は見たことがないので、興味を持ってもらえるに違いない。

「リコ、ボンボニエールについて、他に知っていることはある？」

「私よりも、ニコのほうがよく把握《はあく》しているのかもしれません」

「わかったわ」

ニコとココが戻《もど》ってくる。自慢のボンボニエールだったらしく、詳《くわ》しい話を教えてくれた。

「あ、これ、前に母から貰《もら》ったボンボニエールなんです！」

アヒルの絵柄《えがら》だったので、ニコはどうしても欲しかったらしい。

「ボンボニエールは結婚式《けっこんしき》に参列した人への幸せのおすそ分けとして渡すお菓子を入れる容器だったようですが、今は作っていないみたいで、珍しい品なんですよ」

「そうなの」

最近の結婚式は、小さなバスケットを編んでそこにお菓子を入れて贈《おく》るらしい。ここ十年ほど、ボンボニエールは作られていないようだ。

「どうしてボンボニエールを贈る文化は廃《すた》れてしまったの？」

「わかりません。母も気づいたらなくなっていた、と話していました」

ニコは五年前に母親から譲《ゆず》り受けたようだが、割って壊《こわ》さないように大切にしているのだとか。こんなにすてきなのに、今は作っていないなんてもったいない。

「このボンボニエールにニオイスミレの琥珀糖を入れてお土産にしたらどうかって、考えていたの」

「わあ、すばらしいアイデアです！」

しかしながら、ボンボニエールは現在、作られていない。

彼女達《かのじょたち》よりも、義母のほうが詳しいかもしれない。お茶を飲んで休憩したあと、義母の部屋を訪問した。

「ボンボニエール？　ああ、そんな物があったわねえ」

庶民の文化だったようで、義母の結婚式には磁器のティーカップセットを参列者に贈ったようだ。

「今はボンボニエールどころか、磁器製品すら生産していなかったはずよ」

「なぜ、磁器はもう作っていないのですか？」

「わからないわ。もともとはよその貴族が勝手にうちの職人に頼《たの》んで始めた事業だったから、情報や状況《じようきよう》についてあまり把握していないのよね」

磁器に使う材料が採れるものだと思っていたのだが、それすら詳細《しようさい》は不明だという。

「工房自体はあったような、すでにないような……。私よりも、ガブリエルのほうが詳しいかもしれないわ」

「でしたら、聞いてみます」

ボンボニエール入りのニオイスミレの琥珀糖をお土産として完成させたら、新聞でも話題になるだろう。なんとか実現したい。

ガブリエルが帰るのを待つ間、庭を散策する。プルルンも付いてきて、案内してくれた。

『プルルンもよく、さんぽするよお』

なんでも朝露《あさつゆ》を飲むのが好きらしい。なんとも可愛《かわい》らしい趣味である。

今日は他のスライム達が拠点《きよてん》としているという、スライム舎に案内してもらった。

スライム舎はプルルン以外のスライムが生活する小屋だという。

『ここだよお』

「え、これ⁉」

それはこれまで、使用人の宿舎かと思っていた立派な平屋建ての家であった。

私が下町で暮らしていた時代の家よりも、ずっと立派である。

ここにはガブリエルが使役《しえき》する、五体のスライムがいるようだ。

プルルンが扉を叩《たた》くと、中から赤いスライムがひょっこり顔を覗かせた。

『いらっしゃ――い!』

赤いスライムは明るい雰囲気《ふんいき》である。続けて登場してきたのは、黄色いスライム。

『ようこそ!』

黄色いスライムは無邪気《むじゃき》な様子でにこにこ笑っている。

中に入ると、天井《てんじょう》に青いスライムが張り付いていたのでギョッとする。

『はいれよ!』

青いスライムはツンツンした性格のようだ。

黒いスライムは私を睨《にら》み、鼻息を鳴らす。

『ふん!』

黒いスライムは若干《じゃっかん》態度が悪いものの、表情は笑顔《えがお》なので歓迎《かんげい》してくれているのだろう。

最後に、緑色のスライムが目の前に飛び出してきた。

『ばあ!』

私を驚かせるつもりだったようだ。視界の端でソワソワしているのがわかっていたので、特にびっくりしなかったのだが。

緑色のスライムはいたずらっ子みたいだ。

スライム舎の内装は石造りで、大きな水槽《すいそう》や岩、観葉植物など、自然に近い形となっている。ひんやりしていて、過ごしやすそうだ。

スライム達は歓迎してくれるのか、私の周囲をぴょんぴょん跳《は》ね回っていた。

「えーっと、皆、元気そうね」

口々に反応してくれるが、一斉《いっせい》に話すので聞き取れない。困っていたら、プルルンが『かいさん！』と言ってくれた。

プルルンの言葉に従い、散り散りになっていく。何事もなかったかのように、のんびり過ごし始めた。

ガブリエルと契約《けいやく》したスライム達は、基本、スライム舎に待機し、呼び出されたら戦力として戦うという。

スプリヌ地方にやってきてすぐ、彼らについてはガブリエルが一体一体丁寧《ていねい》に紹介してくれたのだ。

ちなみに、プルルンのような名前は付けていないという。命名を行うとテイムの縛《しば》りが強くなり、スライム側の負担も大きくなるらしい。プルルンだけがガブリエルにとっての唯一無二《ゆいいつむに》で、特別なスライムのようだ。

スプリヌ地方にはさまざまなスライムが生息している。通常、スライムというのは無属性である。けれども、ここにいる子達は極《きわ》めて稀少《レア》な個体らしい。

赤いスライムは火属性。五年ほど前に不審《ふしん》火事件が起こり、調べたところこの子を発見したらしい。この子が火を付けていたわけではなく、放火犯は他にいた。

現場にいた理由は、火を呑《の》み込む性質を持つスライムだったからなのだ。

この子が火を吸収していたおかげで、火が広い範囲《はんい》に広がらなかったらしい。

火のスライムなんて見たことがなかったガブリエルは、即座《そくざ》にテイムしたという。

黄色いスライムは雷《かみなり》属性。スライムに雷が落ち、属性を得た個体だという。

大きな雷が落ちたのを偶然《ぐうぜん》見たガブリエルが、後日、現場に行ったところ、この子を発見したようだ。

青いスライムは水属性。ガブリエルが湖でカエル釣《づ》りをしていたら、水色のスライムを偶然《ぐうぜん》釣《つ》り上げたらしい。

緑色のスライムは風属性。強風の初夏、風に乗って漂《ただよ》うこの子を捕獲《ほかく》したのだとか。

黒いスライムは物理属性。廃屋《はいおく》を破壊《はかい》しているところを、ガブリエルが発見し、そのまま契約を結んだ。

これらの属性付きは、固有《ユニーク》スライムと呼ばれているらしい。なんでもスプリヌ地方でしか見ることができないそうだ。

魔物をテイムする冒険者《ぼうけんしゃ》は、お宝探しみたいな感覚でスプリヌ地方にやってきて、固有スライムを探すらしい。

けれども、ここ二十年ほどはガブリエルが発見した以外の固有スライムは発見されていないようだ。

その辺は、さすがスライム大公としか言いようがない。

ガブリエルの固有スライム達はよく喋《しゃべ》り、よく遊ぶ、かわいらしいスライムである。

言語能力はプルルンの半分以下か。ただ、使役する魔物が喋るというだけでもすごい。きっとプルルンが規格外に賢《かしこ》いスライムなのだろう。

「そういえば、プルルンは何属性なの？」

『わかんない。プルルンは、プルルンだよお』

薄紅《うすべに》色のスライムなんて見たことがないが、長い歴史の中で初めての発見だったという。

プルルンの生態については、契約を交わしているガブリエルでさえわからないところがあるようだ。

自由気ままに過ごしていた固有スライム達だったが、一斉にハッとなる。次の瞬間には、勢いよくスライム舎を飛び出していった。

「え⁉　あの子達、突然《とつぜん》どうかしたの？」

『ガブリエルが、かえってきたんだよお』

「そうなの⁉」

契約で繋《つな》がっているので、敷地内《しきちない》にガブリエルが足を踏《ふ》み入れたらわかるようだ。

ここで、私もガブリエルの帰りを待っていたということを思い出す。すでに遠くを跳《と》びはねている固有スライム達のあとを追った。

追いついた頃《ころ》には、ガブリエルは玄関《げんかん》に到着《とうちゃく》していた。固有スライム達はガブリエルの周囲を嬉しそうに回っている。

「ガ、ガブリエル、おかえりなさい」

「ただいま戻りました。息が上がっているようですが、どうかしたのですか？」

「これまでスライム舎にいて、彼らが突然、ガブリエルが帰ってきたと走り出したものだから、私も庭を駆《か》けてきたの」

「それはそれは、大変でしたね」

ひとまず、聞きたいことがある旨《むね》を伝えておく。

「今、少し時間がありますが」

「緊急《きんきゆう》の用事ではないから、夕食のあとにしましょう」

「わかりました。では――」

なんとなく素っ気ない出迎《でむか》えとなってしまう。もっと婚約者《こんやくしや》らしく、温かく迎《むか》えたいのに。

両親はそこまで仲良くなかったので、そういうやりとりはしていなかった。

見本になる仲睦《むつ》まじい男女がいないため、どうすればいいのかわからないのだ。

咄嗟《とつさ》に、踵《きびす》を返したガブリエルの手を握《にぎ》ってしまう。

「フラン、まだ何か？」

「お……おかえりなさい、の抱擁をしても、いい？」

これまでも、帰《かえ》り際の抱擁はしていた。けれどもこうして意識すると、途端《とたん》に恥《は》ずかしくなってしまう。

ガブリエルも引き留めてまでやるものでもない、と感じているに違《ちが》いない。

なんて考えていたのだが、ガブリエルは腕を広げてくれたので、私はその胸に飛び込んだ。

「無事に帰ってきてくれて、嬉しいわ」

「私も、このように出迎えてくれて、とても嬉しく思います」

このおかえりなさいで間違いなかったのだ。羞恥心はあるものの、それ以上に嬉しくなった。

「名残惜《なごりお》しいですが、またあとで会いましょう」

「ええ」

ガブリエルは固有スライム達を引き連れ、部屋へ戻っていった。

「プルルンはガブリエルのところに行かなくてよかったの？」

『プルルンはー、フラがすきだからー。いつでもいっしょ』

「あら、光栄ね」

ひとまず、息を整えることが先決であった。

この動悸《どうき》は全力疾走《しっそう》のせいだけではないのかもしれない。思いがけずガブリエルと触《ふ》れ合ったので、余計にドキドキしているのだろう。

部屋に戻ると、コンスタンスが冷たい水を運んできてくれた。プルルンの分も用意してくれたようで、嬉しそうに飲んでいる。私の息遣《いきづか》いがあまりにも整わないからか、コンスタンスは私の顔を覗《のぞ》き込んで心配してくれた。

「フランセット様、大丈夫ですか？」

「ええ。だんだん治まってきたわ。ありがとう」

それにしても全力疾走なんて、幼少期ぶりだろうか。運動不足を痛感してしまう。

「コンスタンスはスライムを追いかけたことある？」

「追いかけられたことならございます」

「あ……普通はそうよね。変な質問をしてしまったわ」

「いえいえ。スライムにいたずらをして追いかけられただけなので、完全に自業自得《じごうじとく》だったんです」

「まあ、そうだったの。コンスタンスがスライムにいじわるだなんて、意外だわ」

なんでも、七歳《さい》か八歳くらいの話だったという。クールな様子を崩さないコンスタンスであったが、幼い頃はお転婆《てんば》だったようだ。

「私は今でも変わっていませんよ」

「コンスタンスはお転婆なの？」

「そうかもしれません」

コンスタンスは毎日忙《いそが》しそうで、今日みたいに話しかけたことはなかった。けれども、こうして会話をしていると、意外な一面を覗き見てしまう。

ガブリエルとの一件で学んだのだが、相手に遠慮《えんりょ》していたらいつまで経《た》っても理解は深まらないのだ。

「私、もっとあなたとお話ししてみたいわ」

「フランセット様が、私とですか？」

「ええ、そう。今日みたいに、何かのついでに軽くお喋りする程度で構わないから」

いったいなぜ？　という言葉が表情に滲《にじ》みでていた。これまで私的な会話を交《か》わしていなかった相手から、突然このような申し出があったら困惑《こんわく》するだろう。

「ごめんなさい。スライムにいじわるしちゃったお話が可愛くて、もっとそういう話を聞きたいと思ったの」

「そうだったのですね。私の話なんて、面白《おもしろ》みはないと思いますが」

「そんなことないわ。ささいなことでいいから、話してくれたら嬉しい」

もちろん、私も話すつもりだ。仕様もない話であれば、いくらでも話せる。

「迷惑《めいわく》かしら？」

「いいえ、とんでもない。そのように思っていただけて、嬉しく思います」

「よかった」

おそらくコンスタンスとは長い付き合いになるだろう。湖水地方のアヒル堂の手伝いをしてもらう機会も増えてきた。ニコやリコ、ココほど打ち解けられるかはわからないが、仲良くしていきたい。

夕食後は、ガブリエルと共にホットミルクを囲み、しばし今日あったことの報告をし合う。

スライムの大量発生は収まりつつあるようで、今日は領地の被害《ひがい》について調査して回っていたようだ。

「今年は畑の水路を詰まらせ、狩猟《しゅりょう》小屋を破壊し、池を氾濫《はんらん》させるという暴れっぷりでしたが、まあ、想定内です」

話を聞いている限りは大事であるが、すべて解決しているという。

「幸い、大きな被害はなかったようで、負傷者は出なかったそうです」

二十年ほど前に、スライムの大量発生で死傷者五十名の被害を出した酷《ひど》い年があったらしい。悲劇を繰《く》り返さないためにも、毎年スライムの動向を警戒《けいかい》し、可能な限り討伐《とうばつ》しているのだということ。


ガブリエル本人はやりきったと満足げな表情でいたが、彼の疲労《ひろう》度合いがとんでもないような気がした。

今はガブリエルが健康だからいいものの、この先ずっと今年みたいに動き回ってスライムを倒《たお》せる保証はどこにもない。

「ねえ、ガブリエル。人を雇《やと》う予定はないの？」

「人、ですか？」

「ええ。あなたは領主だから、国王陛下みたいにどっしり構えていたほうがいいんじゃないかと思ったから」

「それは、たしかに一理ありますね。ただ、これまでひとりでやってきたものですから、他人に任せるのが不安だと考えていたんです」

その気持ちは大いにわかる。私だって、湖水地方のアヒル堂の運営は信用している人にしか任せられない。コンスタンスがいたからよかったものの、彼女《かのじょ》がいなかったら、仕事を頼める人はいなかっただろう。

「このままでよくない、というのも、以前から考えていました」

ガブリエル自身かなり有能で、ひとりでなんでもかんでもしてしまう。彼と同等の能力を持つ者は、おそらく見つからないだろう。

「領地の見回りや、スライムの討伐だけでも任せることができたら、かなり楽になるんです」

「それって騎士《きし》隊みたいね」

「スライム騎士隊？」

ガブリエルがぼそっと呟いた言葉に、「それだわ！」と叫《さけ》んでしまった。

「スライム騎士隊、いいと思うわ。領民もスライムに怯《おび》えて暮らさずに済むし」

「そう、でしょうか？」

「間違いないわ」

スライム騎士隊の運営費は湖水地方のアヒル堂の収入から算出すればいいだろう。現在、第二工房を作る計画もあり、生産量が増える予定なのだ。まだざっくりとした計算しかできていなかったけれど、売り上げの見込《みこ》みをガブリエルに示しつつ、スライム騎士隊が実現できる可能性について話してみた。

「湖水地方のアヒル堂の売り上げをスライム騎士隊に、ですか。いいのですか？」

「ええ。湖水地方のアヒル堂の売り上げはスプリヌ地方のために使おうと思っていたから」

「フラン、ありがとうございます」

何から始めていいのかわからないので、ひとまず魔物大公の会議のときにアクセル殿下《でんか》に相談するという。

「他の地域にも、自警団みたいなものがあるかもしれないわ」

「そうですね。話を聞いてみます」

手を取り合ってにこにこしていたら、柱時計がボーンと低い音を鳴らす。ここで本来の目的を思い出す。

「そうだわ。私、ガブリエルに聞きたいことがあったの」

「なんでしょうか？」

「スプリヌ地方の磁器工房って、今は何も作っていないの？」

「大きな窯を持つ、村の郊外《こうがい》にある工房がそうなのでしょうね」

一ヶ月ほど前に、ガブリエルは工房を訪問したという。

スライムの大量発生の呼びかけを毎年しているようだが、工房にはスライム避《よ》けの結界があるらしい。

「工房を作らせた貴族が、高い金を出して魔《ま》法《ほう》を仕込《しこ》んでいたようです」

そこまでするくらい、当時の磁器は高価で貴重なものだったのだろう。

「これまで工房から煙《けむり》が上がっている様子は見たことがないのですが、詳しい話は聞いてみないとわからないのが現状です」

スライム大公家の管轄《かんかつ》下にある工房でないため、やはり把握していないようだ。

「工房がどうかしたのですか？」

「魔物大公の会議に持って行くお菓子を、磁器で作ったボンボニエールに入れるのはどうかなって思いついて」

「なるほど、そういうわけでしたか。しかし、ボンボニエールとはなんなのですか？」

「菓子器よ」

ニコがボンボニエールの実物を貸してくれたので、ガブリエルに見せてみる。

「これが、ボンボニエールですか」

「かわいいでしょう？」

「ええ。とてもよい品に見えます」

貴族御用達《ごようたし》の工房だっただけあって、流通している磁器よりも丁寧な作りなのだ。

描かれたアヒルも見事で、絵付けの技術だけでも相当なものなのだろう。

「しかし、ボンボニエールなど見た覚えがないのですが」

「村人達の間で愛されていた物みたい。結婚式に参列者に配るお菓子を入れていたのだけれど、ここ最近は廃れていて、ボンボニエールは使っていないようなの」

「村ではこのような文化があったのですね。とても興味深いです」

せっかくいい品なのに、今は作っていないなんてもったいない。これを機会にボンボニエールを復活させて、湖水地方のアヒル堂のパッケージのひとつとして発表したかったのだが……。

「フラン、明日、工房に行ってみましょう」

「いいの？」

「ええ。ボンボニエールを作るのならば、一日でも早いほうがいいでしょう？」

「ガブリエル、ありがとう！」

そんなわけで、ボンボニエールの完成を目指し、私とガブリエルは動くことになった。


翌日――私とガブリエル、お供のプルルンは磁器工房を目指す。

二頭の馬を連れだって、初夏の森を進んで行った。

春の訪《おとず》れと共に薄《うす》く色付いていた緑も、すっかり深緑に染まっている。夏の訪れを感じる景色の中を、馬を走らせた。

私のすぐ目の前を、小さな鳥が飛んでいく。

「ねえ、ガブリエル。この辺りでよく見かける、羽が青でお腹《なか》が黄色の鳥はなんていう名前なの？」

「羽が青で黄色い腹……〝ブルーティット〟ですかね」

「ブルーティット。初めて聞くわ」

「たしか、スプリヌ地方にしかいない鳥だったはずです」

「そうだったの。きれいで、かわいらしいわ」

下町で暮らしていたとき、庭木に鳥が飛んできていたのだが、半分も名前がわからなかった。けれどもここでは、ガブリエルがなんでも教えてくれる。

「博識な婚約者がいて、とっても幸せだわ」

「鳥の名前を教えて、そんなに喜んでいただけるとは、思いもしませんでした」

そんな話をしているうちに、村の前に行き着く。

磁器工房に行く前に、職人について話を聞くのだ。

まずは、パン工房に向かった。

なんでも月に一度やってきて、大量のパンを買っていくようだ。

「工房のおじさん？　偏屈《へんくつ》な人ねえ」

頑固《がんこ》で偏屈――というのが村人達の印象だったようだ。

「でも腕は確かだったし、磁器製品なのに、結婚祝《けっこんいわ》いだからと言って、とても安く提供してくれたのよ」

話を聞いていると、悪い人のようには思えなかった。

あとは、私達の話を聞いてくれるか、が大きな問題だろう。

情報量代わりにパンを購入し、村を離《はな》れる。

「フラン、そろそろ工房に行きましょうか」

「ええ、そうね」

村の郊外にある森の入り口に、磁器工房と思わしき建物があった。

「あれが、磁器工房なのかしら？」

「おそらく」

天まで届くような、高く突《つ》き出た円筒《えんとう》が何本もある。その数だけ、窯《かま》があるのだろう。想像していたよりも、かなり大がかりな工房みたいだ。

窯以外に風車もいくつか建っていた。

「毎年訪問するときはあまり気にしていなかったのですが、これだけの規模の磁器作りとなれば、おそらくこの辺りで陶石《とうせき》が採れたのでしょうね」

陶石というのは磁器の材料である。陶器《とうき》は土から作るのだが、磁器は石から作るのだ。それ以外にもさまざまな違いがあるらしい。

「陶器は低温で焼き、磁器は高温で焼くんです。手触《てざわ》りなども陶器よりも磁器のほうがなめらかで、見た目も美しいと言われています」

長い間、磁器の作り方はひとつの国のみが知りえるもので、大変貴重な品だった。

他の国々は錬金術師《れんきんじゅつし》を募《つの》り、磁器の作り方を調べさせたという。

「ここに工房ができた時代は、おそらく磁器の作り方が解明されたばかりの頃なのでしょう」

今では、多くの国が磁器の作り方を編み出している。昔と変わらず貴族に愛されているものの、カップひとつに宝石のような価値があるという時代ではない。

「おそらく、ここの工房で作った磁器で、とてつもない財を築いていたことでしょう」

「よく、スライム大公家の領地でそのような商売ができたものですね」

「お人好《ひとよ》しなご先祖様だったのでしょう」

ただ、磁器で財を得た貴族は現在没落している。誰にも責めようがない歴史なのだろう。

「ここにはどんな職人がいるの？」

「話に聞いていたとおりの頑固《がんこ》親父《おやじ》です。毎年スライムの大量発生シーズンに訪問しているのですが、結界があるから問題ないの一点張りでして」

迷惑だとばかりに、追い返されるのだという。

「お話が聞けるか、不安になってきたわ」

「なんとか交渉《こうしょう》してみましょう」

お土産として湖水地方のアヒル堂のお菓子《かし》を持ってきたものの、受け取ってくれるだろうか。それすら、心配になってしまった。

「お菓子よりも、お酒とか料理のほうがよかったかしら」

私の腕に巻きついていたプルルンが、励ますようにぽんぽんと肩《かた》を叩いてくれる。

『フラのおかし、おいしいから、だいじょうぶだよお』

「プルルン、ありがとう」

会う前から弱気になってはいけない。自分自身を奮い立たせ、磁器工房の頑固親父に挑《いど》む。

窓のカーテンは開き、外には洗濯物《せんたくもの》がある。おそらく、在宅しているのだろう。

ガブリエルが扉《とびら》を叩くと、すぐに返事があった。扉は勢いよく開かれる。

「ったく、朝から誰なんだ？」

ひょっこりと顔を覗かせたのは、ドワーフみたいな髭《ひげ》むくじゃらの中年男性であった。いかにも職人、といった感じの風貌《ふうぼう》である。

「またあんたか。ここは大丈夫《だいじょうぶ》だと言っているだろうが！」

「いえ、今日は別の用件で来ました」

「なんだと？」

ピリッとした空気が流れたので、慌《あわ》てて間に割って入る。

「あの、少しここの工房についていて、お伺《うかが》いしたいことがございまして！」

「ああん⁉」

緊迫《きんぱく》した空気の中、プルルンがのんきな声で『おかし、もってきたよお』と報告する。

ギョッとしたものの、まさかの反応があった。

「なんだよ。土産があるなら、早く言えよな」

そう言って、部屋の中へと誘《さそ》ってくれた。

思わずガブリエルと目を合わせてしまったが、早く入るように急《せ》かされ、職人の家にお邪魔《じゃま》させてもらった。

入ってすぐに大きな棚《たな》があり、美しい磁器が丁寧に並べられていた。ここだけ見たら、貴族のコレクション部屋のようである。

中にはボンボニエールがいくつか飾《かざ》られていた。ここは間違《まちが》いなく、磁器工房だ。

「そこに座《すわ》っておけ。茶を淹《い》れてくるから」

四人掛《が》けの椅子《いす》と暖炉《だんろ》、磁器を並べた棚があるばかりのシンプル極まりない部屋である。おそらくここは生活するための部屋で、作業する場所は他にあるのだろう。

職人は五十代半ばから六十代くらいか。顔の輪郭《りんかく》を覆《おお》うほどもじゃもじゃと髭が生えているので、正確な年齢《ねんれい》はよくわからない。

ガブリエルが話していたとおり、第一印象は頑固親父である。

十分後、職人は茶器が載《の》った盆《ぼん》を持って戻ってきた。

「森で採れた野草茶だ」

そう言って差し出されたのは青汁《あおじる》と言っても過言ではない、緑の液体である。ガブリエルはわかりやすく、表情筋を引きつらせていた。

「見た目は悪いが、この蜂蜜《はちみつ》を垂らして飲んだらうまいぞ」

朝採れの新鮮《しんせん》な蜂蜜らしい。趣味《しゅみ》で養蜂《ようほう》をしているのだとか。

「蜂蜜だけじゃない。野菜に鶏《にわとり》、果樹にと、ここにはなんでもある」

村にはめったに立ち寄らず、自給自足の暮らしをしているようだ。

「中でも、蜂蜜は一番の自慢《じまん》だ。しっかり味わってくれ」

プルルンがカップを覗《こ》き込み、小さな声で『どくは、はいっていないよお』と教えてくれた。そんなことまでわかるのか、と感嘆《かんたん》しつつ蜂蜜をたっぷり入れて飲んでみる。

「あ――おいしい」

「だろう?」

青臭《あおくさ》いのではないかと思っていたものの、蜂蜜を入れたことにより、味わいがまろやかになっている。見た目よりずっとおいしいお茶だ。

ガブリエルも私の反応を見たあと、野草茶を飲む。眉間《みけん》の皺《しわ》はみるみるうちに解《ほぐ》れていった。

「あの、おいしいです」

「それはよかった」

ここで、パンやお菓子を詰めたかごを職人へ贈る。

「パンは村で買ったものですが、お菓子は手作りなんです。お口に合えばいいのですが」

「貴族サマの贅沢《ぜいたく》な食べ物は好きじゃないが、まあ、貰ってやる」

尊大な態度でかごを受け取り、かごの中身を覗き込んでいた。

「この菓子は――!?」

「スプリヌ地方に古くから伝わるお菓子です」

職人がスプリヌ地方の出身かどうかはわからなかったが、流行しているお菓子よりも、この土地で慣れ親しんだものがいいだろうと思い、選んできたのだ。

職人が迷わず手に取ったのは、くるみのタルト。

スプリヌ地方にはあちこちにくるみの木があり、秋になると子ども達《たち》はくるみ拾いで忙しいらしい。

持ち帰ったくるみの多くは、子ども達が大好きなくるみのタルトになるのだ。

職人はカットされたくるみのタルトを、手掴《てづか》みで食べ始める。

次の瞬間《しゅんかん》には、つーと涙《なみだ》を流した。突然泣き始めたので、ぎょっとしてしまう。

「お、おいしくなかったですか?」

「いいや、違う。死んだ妻が作るタルトの味に似ていたから」

なんでも職人は毎年のように、夫婦《ふうふ》でくるみ拾いをしていたらしい。そして、そのくるみでタルトを作ってもらうのが定番になっていたようだ。

「もう二度と、食べられないと思っていたのに」

職人はくるみ拾いと、くるみのタルトを毎年楽しみにしていたらしい。奥《おく》さんが亡《な》くなってからというもの、庭のくるみは毎年腐《くさ》らせていたようだ。

話を聞いていると、胸がぎゅっと切なくなる。

「こんな奇跡《きせき》……信じられないな」

それからというもの、職人はお菓子をバクバクと食べていた。どうやら、かなりの甘党《あまとう》らしい。最後の一切れを食べたあと、職人は涙を拭《ぬぐ》う。俯《うつむ》いていたものの、顔をあげたら暗い表情ではなかった。

「久しぶりに甘い物を食べた。ぜんぶ、うまかった。感謝する」

お気《き》に召《め》していただけたようで、ホッと胸をなで下ろす。

「あんたは、今の領主様だったか」

「ええ。ガブリエル・ド・グリエット・スライムと申します。彼女は婚約者のフランセット・ド・ブランシャールです」

「そうか……。俺《おれ》は、アダン・ドーだ」

「アダンさん、ですか」

職人アダンは何を思ったのか、深々と頭を下げた。

「これまですまなかった」

「え？」

「あんたは毎年、心配してここを訪問してくれたのに、冷たい態度を取ってしまって」

彼《かれ》がガブリエルを拒絶《きょぜつ》していたのは、理由があったようだ。

「ここの土地はお貴族サマの命令で、勝手に占拠《せんきょ》していた。追い出されるかもしれないという恐怖《きょうふ》から、領主サマと向き合うことができなかったんだ」

やはり、許可なくここに工房を開いていたようだ。悪いのは職人一家ではない。スライム大公家の土地だとわかりながらも、磁器作りをするように命じた貴族だ。

「俺みたいなちっぽけな職人なんて、領主サマは赤子の手をひねるよりも簡単に追い出すことができただろう。それをしないということは、見過ごしてくれていたんだ。わかっていても、なかなか素直《すなお》になれなくて……本当に、すまなかった」

ガブリエルは首を横に振《ふ》る。罪を咎《とが》めるつもりも、アダンを責める気もないようだ。

「だが、俺達《おれたち》はずっと、この土地の恵《めぐ》みや土地を占拠して暮らしてきたんだ。許されるわけがないだろう？」

ガブリエルは再度、首を横に振った。続けて、幼子を諭《さと》すような優《やさ》しい声で語りかける。

「もう何代もこの地で暮らし、村人達の結婚式にはボンボニエールを提供し、土地の人間として静かに暮らしてきたあなたを、責めるつもりはありません」

パン屋のおかみさんに聞いた話によると、ボンボニエールは価値に見合わない、安価で提供されていた。結婚式のお祝い代わりだと、まっとうな報酬《ほうしゅう》を受け取っていなかったらしい。おそらく、長年において土地を占拠しているという罪悪感があったのだろう。

ガブリエルもそれを把握していたので、職人を追い出すことも、責めることもしなかったのだろう。


「そんな、そんなことなど、許されるのか……！」

「村人達も、あなたについては悪い人ではないと話していました」

「どうせ、偏屈で頑固なジジイだと言っていたんだろうが」

「それは否定しません。ただ、長年真面目に働き、結婚《けっこん》のさいにはアダンさん夫婦が揃《そろ》って親身に話を聞いてくれた、という話も聞きました」

「それは過去の話だ。もう、十年も前から、磁器は作れないんだ」

核心《かくしん》を突くような話に、思わず身を乗り出してしまう。

「どうして、磁器は作れなくなってしまったのですか？」

職人は表情を曇《くも》らせ、俯いてしまう。おそらく、何か問題があったのだろう。

「この先にある森の奥地《おくち》に、陶石が採れる洞窟《どうくつ》があるんだが、そこをスライムに占拠されてしまった」

なんてことなのか。スプリヌ地方には陶石が採れる場所があったのだ。

「ガブリエルはスプリヌ地方で陶石が採れることを、知っていたの？」

「いいえ、知りませんでした」

それよりも問題は、貴重な採掘場《さいくつじょう》をスライムが占拠してしまったことだ。

アダンは眉間に皺を寄せ、苦しげな表情で話を続ける。

「弱っちいスライムなんて退治してしまえばいいと思っていたんだが、できなかった」

「数が多かったからですか？」

「いいや、違う」

アダンは暗い表情で、スライムについて打ち明けた。

「岩みたいにごつごつしていて、とんでもなく固いスライムなんだ。いくら叩いても歯が立たなくて、逆に返り討《う》ちに遭《あ》いそうになった」

「それは――!?」

もしや固有スライムなのではないか。ガブリエルのほうを見ると、こくりと頷《うなず》く。

「そのスライムを倒したら、再び磁器は作れるというわけですか？」

「ああ。十年も作っていないが、体は覚えているだろう」

「わかりました。では、私がスライムを倒しますので、成功した暁《あかつき》には、ボンボニエールを発注します」

「領主サマが、俺に、仕事を？」

「ええ。あなたが作るボンボニエールが、私達には必要なのです」

気品があって美しいボンボニエールは、おそらくこの職人しか作れない。絶対に、なんとしてでも入手したいと思っている。

「わかった。そこまで言うのであれば、依頼《いらい》を受け付けよう。ただし、陶石を入手できたらの話だが」

「ありがとうございます」

さっそく、洞窟に行くこととなった。

同行はここまでかと思っていたのに、ガブリエルは私を振り返って言った。

「フラン、これから洞窟に行くのですが、スライムには気を付けてくださいね」

「え⁉」

「どうかしたんですか？」

「いえ、私も連れて行ってくれるの？」

「もちろんです。何かあったら、私が守りますので」

「ガブリエル、ありがとう」

足手まといになるのはわかりきっているので、置いていかれるものだと決めつけていた。

「もしかして、ここで待っているように言うと思っていました？」

「ええ」

「私の目が届かないところに、フランを置いて行くほうが不安になります。それに、スライムに関しては自信がありますので。ただ、ここにはスライム避けの結界があるそうですから、安全と言えば安全なのですが」

「私は目に見えない結界よりも、あなたのほうを信頼《しんらい》しているわ」

「ありがとうございます。その、嬉《うれ》しいです」

照れてしまったのか、顔を逸《そ》らしてしまう。耳まで赤くなっていたので、隠《かく》しようがなかったのだが。

アダンの準備ができたようで、洞窟を目指すこととなった。

ガブリエルは五体の固有スライム達を召喚《しょうかん》する。色とりどりのスライムを見るのは初めてのようで、アダンは驚《おどろ》いていた。

「いやはや、その薄紅色のスライムも珍《めずら》しいが、このスライムも見たことがない」

「彼らは固有スライムといって、世界にたった一体だけしか存在しない、特別なスライムなんです」

「だったら、採掘場にいるスライムも――!?」

「いえ、採掘場にいるのはおそらくですが、岩属性のスライムです。スプリヌ地方には、比較《ひかく》的《てき》多く生息しているので、固有スライムではありません」

岩属性のスライムなんて聞いたことがない。

スライムといえば、ぷよぷよしていてやわらかいのが特徴《とくちょう》なのに。

「プルルンはフランの護衛を。あとのスライム達も、フランの安全を第一に動いてください」

固有スライム達は揃って頷く。

「では、行きましょう」

森の中を歩くこと三十分ほどで、洞窟の前に到着する。初めて見る白い洞窟であった。

各々《おのおの》魔石灯《ませきとう》を持ち、中へ入る。中はジメジメしていて、外よりも湿気《しっけ》が多い気がする。驚いたことに、洞窟には光り茸《だけ》が生えているので、そこまで暗くない。

先導していたアダンが振り返り、岩肌《いわはだ》を撫《な》でながら説明してくれる。

「ここの洞窟内《どうくつない》にある岩は、すべて陶石だ」

石が白ければ白いほど魔力《まりょく》を多く含《ふく》み、上質の磁器が仕上がるのだという。

「ボンボニエール作りに使っていたのは、最深部にある陶石なんだ。そこで採れる陶石は、真珠《しんじゅ》のように美しかった」

ただ、現在の最深部はスライムに占拠され、近づけないでいる。

その影響《えいきょう》で職人は十年もの間、ボンボニエールを作ることができなくなったのだ。

「この辺りにある陶石で、ボンボニエールは作れないのですか？」

「それは無理だ」

職人が鞄《かばん》から取り出したのは、背負っていたツルハシ。岩の表面に向かって振り下ろすと、岩は塊《かたまり》となってポロリと取れた。

岩を拾い上げ、私達に指し示しながら事情を語る。

「洞窟に入ってすぐの陶石は、不純物が多すぎる」

岩の中に黒いポツポツとした塊が混ざっていた。さらに、ここにある陶石は純粋《じゅんすい》な白ではないらしい。

「灰色がかっているというか、焼いたら黒っぽくなる。それだけじゃなくて、非常に割れやすい磁器になるんだ」

　ボンボニエールは美しい白の磁器であることが条件らしい。

「陶石の扱《あつか》いは難しく、通常、磁器は高温で焼くのだが、急激に熱すると割れてしまうんだ」

　繊細《せんさい》な工程を経て、作られるというわけである。

「ボンボニエールは何ものにも染まっていない、新しい家族を築いた者からの贈《おく》り物という意味がある」

「なるほど」

　そういう意味が込められているのならば、湖水地方のアヒル堂の菓子器《かしき》として使っていいものなのか。不安になってしまう。

「あの、もしもボンボニエールを作れたとして、それを商売に使うことは許されるのかしら？」

「まだ何も作っていない俺が言うのもなんだが、あんた達は今後結婚するんだろう？　大公夫婦による、大規模な贈り物のようなもんだと思えばいい。小さいことは気にするな」

「ありがとうございます。嬉しいです」

　問題ないようなので、ホッと胸をなで下ろす。

「俺が案内できるのは、ここまでだ」

「ええ、深く感謝します。あなたはひとまず、ご自宅に戻《もど》っていてください。夕方になるまで戻らないようであれば、この手紙をスライム大公家に届けてください」

「わかった。領主サマ、婚約者もいるんだから、無理はするなよ」

「言われなくても、わかっていますよ」

アダンと別れ、私達は洞窟の最深部を目指す。

一応、足手まといにならないよう、以前ガブリエルから贈ってもらった傘《かさ》を握っている。傘は通常のスライムであれば一撃《いちげき》で討伐できるうえに、守護の魔法が付与《ふよ》されているため、広げたら盾《たて》のようになるのだ。

スライムとの戦闘が始まったら、傘を広げて自分の身を守らないといけない。

「ではフラン。最深部を目指しましょうか」

「ええ」

洞窟内はかなり広いらしい。最深部までは、最短で二時間くらいで行き着くようだ。

職人曰《いわ》く、途中分岐《とちゅうぶんき》があるものの、光り茸が多く生えた道に沿って歩けばいいという。

「光り茸は魔力が多い場所に自生するんです」

「つまり、光り茸が多く生えている場所に沿って歩いていたら、最高級の陶石がある最深部に到着するってわけね」

「ええ」

ガブリエルが先頭を歩き、赤、黄、青の固有スライムがあとを追う。黒いスライムは私の隣《となり》を跳《と》びはねて付いてきており、緑のスライムが最後尾《さいこうび》に続いていた。

洞窟内には小さな水溜《みずた》まりがあり、スライムの気配を感じる。けれども、スライム大公であるガブリエルを前に戦いを挑むスライムはいないようだ。

一時間ほど進んだら、しばし休憩《きゅうけい》を取る。ガブリエルは魔物避《まものよ》けの魔法陣《まほうじん》を地面に描《えが》き、魔法を発動させた。

それだけでなく、ベルトに吊《つる》してあった小さな鞄から敷物《しきもの》を取り出して広げてくれた。

「ここの中でしたら安全ですので、座ってください」

「ありがとう」

ガブリエルの鞄から、さまざまな物が出てくる。紅茶が入った水筒《すいとう》に、キャンディ、チョコレートにサンドイッチなど。

鞄の容量を優に超《こ》える品々が、次から次へと並べられていくのだ。

「ねえ、ガブリエル。その鞄、どういう構造なの？」

「スライムで作った鞄です」

なんでも、スライムの特性を活《い》かした品だという。ガブリエルが考え、作った品らしい。

「スライムは自分よりも大きな生き物を呑《の》み込み、一瞬《いっしゅん》にして自らに取り込んでしまいます。その能力を利用し、スライムの中核《ちゅうかく》を活かした状態で鞄に加工するんです」

「中核を残すって、スライムが生きているってこと？」

「いいえ。スライム自体は死んでいるのですが、上手《うま》い具合に体と中核を分離《ぶんり》させてから作るんです。スライムは乾燥《かんそう》させて鞄の形を作り、中核は消毒液に浸《つ》けて、最終的に魔法で融合《ゆうごう》させるのですが」

「なんだか複雑そうな工程ね」

「製造工程を見たら、理解できると思うのですが」

機会があったら、と言おうとしたものの、固有スライム達が私にヒシッと抱《だ》きついてくる。

ガブリエルが話す、スライムを鞄にする話が恐《おそ》ろしかったのだろう。

可哀想《かわいそう》に、と一体ずつ撫でてあげる。なぜか怖《こわ》がっていないプルルンまで、撫でてくれと頭を差し出してきた。仕方がないと思いつつ、よしよししてあげる。

「それにしても、いろいろ用意してくれていたのね」

「ええ。どこかで食事でも、と思っていたんです。まさか、洞窟の中でするとは思ってもいなかったのですが」

「本当に」

洞窟に入ってすぐは蒸《む》し蒸ししていたのだが、奥に進むにつれてひんやり冷えてきた。

「フラン、寒くないですか？」

「ええ。まだ平気よ」

『さむくなったら、プルルンが、あたためてあげるう』

そういえば、下町にいたときも、寒い日はプルルンに温めてもらっていたような気がする。

あのときは薪《まき》を買うお金すら惜《お》しいと考えていたので、本当にありがたかった。

「私の上着を貸すこともできますので」

『ガブリエルのふく、フラには、おもたいよお』

プルルンは私の肩に乗り、ケープ状の服に擬態《ぎたい》する。重さはまったく感じない、軽《かろ》やかな一着になってくれた。

『フラ！　さむくなったら、いってね』

「ええ、ありがとう」

ガブリエルのほうを見ると、少しふてくされた様子でいた。

「何もかも、プルルンにはは勝てません」

「そんなことないわ」

「でしたら、プルルンに私が勝っていると思うところを教えてください」

何を言っても、プルルンからの反感を買ってしまいそうだ。かといって、何も言わなかったらガブリエルは拗《す》ねてしまうだろう。

「そ、そうね……。仕事熱心なところとか」

実例を挙げたのがよかったのか、ガブリエルの険しい表情が和《やわ》らぐ。

『むう！　プルルンも、おしごと、がんばってる！』

「あなたはたまにサボって、フランの部屋に入り浸《びた》っているでしょうが」

『だって、フラのこと、しごとより、だいすきだから！　ガブリエルは、フラよりも、しごとのほうが、だいすきなんだー』

「誰《だれ》がそんなことを言ったのですか！」

しまった、と後悔《こうかい》する。火に油を注いでしまったかもしれない。

「私だって、仕事よりもフランを愛しています！」

『だったら、しごとなんて、やめてしまえー』

それは困る。仕事と私、両方愛してほしい。

……なんて思うのは、我《わ》が儘《まま》なのかもしれないが。本音はさておき、彼らの喧嘩《けんか》がヒートアップする前に仲裁《ちゅうさい》しておく。

「他人同士比べても、仕方がないのよ。それぞれ、いいところがあるんだから」

『プルルンのいいところ、おしえて！』

「私も聞きたいです！」

「い、家に帰ってからゆっくりね」

その言葉で納得《なっとく》してくれたので、ホッと胸をなで下ろした。

ひとまず、ガブリエルと舌戦《ぜっせん》を繰り広げていたプルルンには、蜂蜜を混ぜた水を与《あた》えた。

固有スライム達も水を飲みたいというので、同じように作ってあげる。

嬉しそうに水を飲むスライム達は、かわいいとしか言いようがない。

「ねえ、ガブリエル。このサンドイッチとか、いただいてもいいの？」

「どうぞ！　遠慮《えんりょ》なく召し上がってください」

「ありがとう」

朝から料理長に作るように頼《たの》んでいたらしい。蓋《ふた》を開くと、キュウリサンドとハムサンド、卵サンドが入っていた。

「あら、私が好きなものばかり」

「そうだと思って、料理長に指示していたんです」

「私、これが好きって言ったことあったかしら？」

「いいえ。ただ、食べるときに、他のサンドイッチよりも嬉しそうだったので」

「私、そんなわかりやすい態度をしていたのね」

「サンドイッチに限っては、ですが。キュウリサンドが特に好きですよね？」

「そうなの」

アフタヌーンティーのお供として提供されるキュウリのサンドイッチは、大好物であった。

一家凋落《ちょうらく》のあとは、私の手に届かなくなっていた品でもある。

信じられない話かもしれないが、ガラス張りの温室の中で丁寧《ていねい》に育てられたキュウリは高級品だったのだ。

「没落《ぼつらく》後、市場でキュウリを見かけたときは、悲鳴をあげそうになったわ。牛ヒレ肉よりもずっと高かったんですもの」

「そんな事情があったのですね」

「なんでも王都周辺では、キュウリが育ちにくいようなの」

王都周辺は北寄りにあり、春先でも霜《しも》が降りるときがある。キュウリはひんやり涼《すず》しい気候を好むものの、霜にはめっぽう弱い。地方からキュウリを取り寄せる場合も、数日かかる。そのためサンドイッチを食べるときに好まれる、シャキシャキの新鮮なキュウリを得るには、温室栽培《さいばい》をするしかないのだ。

温室では露地栽培《ろじさいばい》のように大量にキュウリを育てられないため、どうしても価格が跳《は》ね上がってしまうというわけであった。

「王都に住む貴族にとって、キュウリは豊かさの象徴《しょうちょう》なの」

「そうだったのですね。知りませんでした」

なんでも、スプリヌ地方ではキュウリの露地栽培が盛《さか》んで、庶民《しょみん》にも愛されている野菜らしい。価格も他の野菜とさほど変わらないようだ。

ガブリエルの話を聞きながら、キュウリのサンドイッチを頬張《ほおば》る。

パリッとした食感が楽しく、噛《か》むと甘《あま》い。とてもおいしいキュウリだ。

「やっぱり、野菜は太陽の下で育ったほうがおいしいのね」

「温室栽培と露地栽培、違《ちが》いがありますか？」

「ええ。温室栽培のキュウリは、少し水っぽいような気がするわ。たぶん、栽培方法の違いもあるだろうけれど」

キュウリが水っぽいと、パンに水分が染《し》み込んで風味が台無しになる。お茶会に参加したとき、作り置きされていたキュウリのサンドイッチを食べて、微妙《びみょう》な気持ちになったことを思い出した。

料理長が作ったキュウリのサンドイッチは、ぜんぜん水っぽくない。パンもふかふかで、小麦の匂《にお》いを感じることができる。

「キュウリは今が旬《しゅん》ですので、余計においしいのかもしれませんね」

「旬！　だったらおいしいはずだわ」

温室栽培により、一年中キュウリを食べられるので、旬があることをすっかり失念していた。

キュウリは初夏の野菜だったようだ。

「それにしても、こんなにおいしいキュウリがスプリヌ地方にあるなんて」

王都に向けてキュウリを出荷《しゅっか》したら、大儲《おおもう》けできるのではないか――なんて考えかけたが、ぶんぶんと首を横に振る。

スプリヌ地方のキュウリが市場に参入したら、これまで温室栽培のキュウリを作っていた農家が困ってしまうだろう。

以前、トリュフやエスカルゴを売ったときも、仕入れ問屋にいろいろ小言を言われてしまったのだ。

いくらスプリヌ地方にある食材がおいしくても、市場を荒《あ》らしてはいけない。目先の儲《もう》けだけを考えたら、大変なことになるのだ。

キュウリはこれまでどおり、地産地消するしかない。

「貴族がここにきたときには、キュウリのサンドイッチを振る舞《ま》うといいわ。大喜びするから」

「そうですね。まさかキュウリがおもてなしの品になるなんて、思いもしませんでした」

サンドイッチはおいしくいただき、食後の甘味《あまみ》としてお菓子をいただく。

「このチョコレート、もしかして、王都で売っているお菓子？」

「ええ、そうなんです。取り寄せてみたのですが、フランのお口に合うか心配です」

わざわざ取り寄せてくれたとは。初めてみる銘柄《めいがら》のお菓子だが、どんな味わいなのか。ドキドキしながら、銀紙に包まれたチョコレートを食べる。

「あ――おいしい！」

甘ったるくなく、舌触《したざわ》りはなめらかで、オレンジの風味が香る。上品なチョコレートだ。

「よかったです。なんでも輸入されたチョコレートみたいで、セイレーン大公に頼んで送ってもらいました」

「セイレーン大公に？」

「ええ。手紙のやりとりをするついでです」

ガブリエルとセイレーン大公の話を聞いた瞬間、明らかにしょんぼりしている自分自身に気づいてしまう。

なるべく暗い感情は抱かずに、ガブリエルを少しずつ知っていって、セイレーン大公のように打ち解けた存在になろう、と思っていたところだったのに。

どうしたら彼女《かのじょ》ではなく、私を頼《たよ》ってくれるのか。おいしいお菓子のお店なんて、私もたくさん知っているのに。

『フラー、どうかしたー？』

プルルンに声をかけられ、ハッとなる。ここはスライムがはびこる洞窟の中だ。考え事をしている場合ではなかった。

次にこういう場面があったら、私もガブリエルにおいしいお菓子を知っているとアピールすればいいのだろう。

うじうじ考えるのは止めて、気持ちを入れ替《か》える。

「ガブリエル、おいしい物を食べて元気になったし、そろそろ先に進みましょう！」

「そうですね。遅《おそ》くなったら、心配をかけてしまいますし」

広げられていた食料は、スライム鞄の中にどんどん収納されていく。魔物避けの魔法陣を足でかき消したら、再度出発となった。

洞窟を進むにつれて光り茸が大きく、輝《かがや》きも強くなっていく。陶石に含まれる魔力が高くなっている証拠《しょうこ》だろう。

「空気に含まれる魔力が濃《こ》いですね。フラン、気持ち悪かったり、呼吸がしにくかったりしますか？」

「いいえ、大丈夫」

「よかったです。何か異変を感じたら、すぐに言ってくださいね」

魔石灯《ませきとう》で照らしたガブリエルの顔色が、少し悪い気がする。彼は魔法《まほう》を使うので、魔力に敏《びん》感《かん》なのかもしれない。

腕《うで》に巻きついていたプルルンが肩に登ってきて、耳元で囁《ささや》く。

『もうすぐ、さいしんぶ！』

「プルルン、わかるの？」

『スライムの、つよいけはい、するから！』

とうとう、岩スライムとご対面するわけである。

「ねえガブリエル。岩属性のスライムを倒《たお》すための対策って、何か考えているの？　たぶん、物理的な攻撃《こうげき》は効果がないわよね？」

「ええ。岩属性のスライムはおそらく、スプリヌ地方に多くある粘板岩《ねんばんがん》の特性を持つ個体であると推測しています」

なんでも岩属性のスライム――通称《つうしょう》岩スライムというのは、スプリヌ地方に多く生息しているらしい。

「岩場でよく見かけるのですが、少々厄介《やっかい》な存在なんです」

通常、スライムは打撃《だげき》に弱いが、岩スライムは少し叩《たた》いた程度では倒せないという。

「心配はいりません。岩スライムにも弱点がありますから」

粘板岩は軽量で加工しやすい。その反面、雨水の吸収、乾燥を繰《く》り返すとひび割れしやすくなってしまうのだ。その性質を、岩スライムも持っているのだという。

「水属性と風属性の攻撃を繰り返し、物理属性のスライムが叩いたら、その身は簡単に破壊《はかい》されるでしょう」

粘板岩について詳《くわ》しいガブリエルだからこそ、考《かんが》え得《う》る作戦だったわけだ。

「スプリヌ地方の家は粘板岩の屋根がほとんどよね？　雨が多いと思うけれど、ひびが入るたびに取り替えているの？」

「いいえ。スプリヌ地方は雨が多いものの、ほとんど風はなく、太陽が出る日も少ないので、ひび割れも少ないようです。それに、最近私が発明したスライム塗料《とりょう》を塗《ぬ》ったら、ひび割れなんて無縁《むえん》の生活になるんですよ」

「スライム塗料⁉」

「ええ。スライムを溶《と》かし、防水、防風効果を付与させた塗料なんです」

「なんでもあるのね」

「ええ」

非常に画期的な塗料だが、「スライムを屋根に塗りたくるなんて」と抵抗《ていこう》ある村人が多いらしい。

仕方がないので、スライム大公邸《てい》と空き物件の保存にのみ使っているようだ。

「そういう便利な品があるのも、魔物《まもの》大公の会議で発表すればいいわ」

「興味を持つ人なんているでしょうか？」

「わからないけれど、アクセル殿下《でんか》なんかはガブリエルの研究に理解を示していらっしゃったから、言ってみる価値はあると思うの」

「そうですよね。フラン、ありがとうございます」

やわらかく微笑《ほほえ》むガブリエルを前にドキドキしていたら、固有スライム達に見つめられていた。のんきにお喋《しゃべ》りしている場合ではない。

「さ、先に進みましょう」

「そうですね」

一歩、一歩と歩いていくにつれて、魔法を使えない私までも背筋がぞくぞくしてきた。最深部にいる岩スライムは強い魔力を保有しているのだろう。

そして、とうとう洞窟の最深部に行き着いた。

一面真っ白な岩に囲まれ、光り茸が輝く空間はどこか幻想的《げんそうてき》である。

そこに、意思を持つごつごつとした岩が転がっていた。

私達に気づくと、岩がくるりと振り返るように動く。ごくごくシンプルな目と口があり、ただの岩でないことがわかった。

「あれが、岩スライムなの⁉」

「そのようです」

岩スライムは一見してただの岩に見えるが、表面にうっすらと透明《とうめい》の膜《まく》が張っていた。

弱点である中核は岩に覆われていて確認《かくにん》できない。

黒いスライムが体当たりをしたものの、ガチン！　と高い音をならすばかりで、ダメージを与えているようには見えなかった。

「フラン、下がっていてください」

「わかったわ」

こちらを発見するなり、岩スライムは襲《おそ》いかかってきた。私はガブリエルから距離《きょり》を取り、盾代わりの傘を広げてしゃがみ込む。

五色の固有スライム達が、岩スライムに向かって攻撃を仕掛《しか》ける。

青のスライムは岩スライムに水を浴びせ、緑のスライムがそれを乾《かわ》かす。そして止《とど》めとばかりに、黒いスライムは体当たりした。しかしながら、岩スライムは割れない。一度濡《ぬ》らして乾かした程度では、岩スライムは倒せないようだ。

ガブリエルは守護の魔法を展開させ、固有スライム達を攻撃から守っている。私の目の前にも、守護魔法の魔法陣が浮《う》かび上がった。戦っている最中で余裕《よゆう》もないだろうに、私まで気にかけてくれるなんて。ジーンと胸が熱くなる。

作戦通り、水と風、それから物理攻撃を繰り返していたようだが、岩スライムがダメージを受けているようには見えない。

魔力を多く含んでいるので、防御力《ぼうぎょりょく》が高いのか。

よくよく見たら、水は弾《はじ》き返しているような……？

まじまじと岩スライムを観察していたら、あることに気づく。スプリヌ地方にある粘板岩は黒や灰色といった暗色系の色合いである。けれども、今目の前にいる岩スライム達は、周囲にある陶石と同じく真っ白だった。

「ねえ、プルルン。もしかして、今戦っているスライムは、粘板岩で構成された個体ではない？」

『ん――』

プルルンが岩スライムを覗《のぞ》き込み、『そうかも！』と呟《つぶや》いた。

ガブリエルは魔法を展開するのに必死で、気づいていないようだ。すぐさま声をかける。

「ガブリエル、それは岩スライムではなく、おそらく陶石のスライムよ！」

「なっ――！　陶石を含んだスライムが存在するなんて！」

このスライムは他に例がない、固有スライムだとガブリエルは断言する。

陶石であればいくら水と風、物理攻撃を加えても、ダメージを与えることができないわけだ。

倒すためには、作戦を変更《へんこう》しないといけない。

「陶石ならば、いったいどうやって倒せばいいものか……」

ここで、ふと思い出す。先ほど職人が、陶石から作る磁器について説明していたのだ。

「ガブリエル、さっき磁器職人のアダンが、陶石は急激に熱すると割れるって言っていたわ」

「ああ、なるほど。わかりました」

ガブリエルは赤いスライムに命令し、岩スライム改め、陶石のスライムに火の攻撃を与える。

赤いスライムは火の玉を口から発する。

見事、着弾《ちゃくだん》した。その後、水のスライムが水を浴びせる。しかしながら、陶石のスライムは
一瞬ひるむだけで、ダメージを受けているようには思えない。

「火力が弱いのかしら？」

『たぶんー』

火の上位属性といえば炎《ほのお》である。ガブリエルのスライムは火属性なので、陶石のスライムに
致命傷《ちめいしょう》を与えられていないのだろう。

「火の温度を上げるには、どうしたらいいのかしら？」

『ガブリエル、いま、かんがえてる』

「ええ」

固有スライム達は素早《すばや》く跳びはね、陶石のスライムをかく乱しているようだ。その間に、ガブリエルは倒し方を考えているのだろう。

どうか、倒し方を思いつきますように、と祈《いの》ることしかできない。

何か思いついたのか、ガブリエルはカッと目を見開いていた。

「フラン、しばしプルルンの中にいてくれますか？」

それは言葉のとおり、プルルンに呑み込《こ》まれた状態になることだ。以前、娼館《しょうかん》に売り飛ばされたさいに、建物から脱出《だっしゅつ》するために使った手段である。

「プルルン、大丈夫《だいじょうぶ》？」

『だいじょうぶー』

「だったらお願い」

プルルンは私をいとも簡単にぱくんと呑み込む。

水中にいるような浮遊《ふゆう》感に包まれたものの、まったく息苦しくない。

ガブリエルはいったい何をするつもりなのか。固唾《かたず》を呑んで見守る。

まず、ガブリエルは青いスライムに命令し、水の玉を作り出す。その水に、黄色いスライムが電気を打ち込んでいた。

「あれは、感電死でもさせるつもりなのかしら？」

『うーん、どうだろうー？』

陶石は電気を通さないような気もするが……。

電気を与え続けた水は蒸発し、何もなくなる。次の瞬間《しゅんかん》、黒いスライムが大きく膨《ふく》らみ、陶石のスライムを呑み込んだ。

「な、何をするつもりなの⁉」

『くろいすらいむはー、しょうげきに、つよい。がんじょう！』

「そうなのね」

緑色のスライムが小さな竜巻《たつまき》を起こして黒いスライムごと遠くへ押《お》しやる。

最後に飛び出していった赤いスライムが、火を吹《ふ》き出した。

黒いスライムが火を呑み込んだ次の瞬間、黒いスライムの内部で爆発《ばくはつ》が起こる。

「きゃあ！」

『わ――！』

爆発音《ばくはつおん》が聞こえただけで、周囲に被害《ひがい》はない。

一瞬の間にいったい何が起こったのか。まったく理解できなかった。

黒いスライムは真っ黒焦《こ》げになった陶石スライムをペッと吐《は》き出した。

体内で爆発を起こした黒いスライムだったが、ケロッとしている。ケガなどないようで、ホッと胸をなで下ろした。

ガブリエルは何を思ったのか、陶石スライムの前にしゃがみ込み、何やら呪文《じゅもん》を唱えている。

「プルルン、ガブリエルは何をしているの？」

『たぶん、けいやく、しているんだよお』

これ以上悪さをしないよう、契約《けいやく》を交《か》わしたようだ。

テイムに応じた陶石スライムは、元気を取り戻す。水のスライムが水を浴びせてあげると、真っ黒な体がきれいになった。

ここで、私はプルルンの中から外に出た。

「フラン、無事ですか？」

「このとおり、平気よ」

「よかった」

ガブリエルは私を抱きしめ、耳元で感謝の気持ちを伝えてくれる。

「フランのおかげで、勝つことができました」

「私は岩スライムが陶石スライムじゃないかって気づいただけよ」

「私は魔法を展開するのに必死で、考えつきませんでした。とてつもない功績です！」

ガブリエルの役に立てて本当によかった。同行した甲斐《かい》があったものである。

「でも、どうやって陶石スライムを倒したの？」

「水と電気で発火性の気体を作りだして、強い爆発を引き起こしたんです」

「原理はよくわからないけれど、陶石のスライムにダメージを与えられる高温を、固有スライム達《たち》を使って作り出した、というわけね」

「ええ」

陶石の特性を職人から聞いていたからこそ、思いついた作戦だという。

無事、問題が解決できてよかった。

「ねえ、ガブリエル。陶石の状態を見てもらうために、少し持って帰りましょう」

「そうですね」

黒いスライムの打撃で、陶石の塊を得ることができた。

「ここから二時間、歩いて帰ることを考えると、うんざりするけれど」

「心配には及《およ》びません」

ガブリエルが手を差し出したので、握《にぎ》り返す。すると、足元に魔法陣が浮かび上がり、強い光に包まれた。

景色がくるりと回転し、ガブリエルに抱かれた状態で地上へと降り立った。

「て、転移魔法!?」

「ええ。一度行き来した場所は、魔法で移動できるんです」

「そ、そうなの!?」

そういえば、ガブリエルは転移魔法が扱えたのだ。

「でも、村や森への移動はいつも馬だったわよね？」

「そ、それは、フランと一緒《いっしょ》に移動するのを楽しみたかっただけで……その、個人的な我が儘でした」

「いいえ、我が儘だなんて思っていないわ。むしろ、嬉しいくらいよ」

ここにきてからというもの、ガブリエルや義母の指導で乗馬を覚えた。ガブリエルと会話しつつ、のんびり馬を走らせるのは癒《い》やしのひとときとなっていたのだ。

「疲《つか》れているときは、いつでも言ってください。転移魔法を使いますので」

「ええ、ありがとう」

手と手を取り合って話をしていたら、突然《とつぜん》声をかけられる。

「あ、あんたら、もどってきていたのか！」

アダンが私達の早い帰還《きかん》に驚いていた。

「行きは徒歩でしたが、帰りは転移魔法を使ったんです」

「そうだったのか。それで、どうだったんだ？」

ガブリエルは返事をする代わりに、持ち帰った陶石《とうせき》を差し出した。

アダンはハッと目を見張り、陶石を受け取る。

「こ、これは――!!」

「状態はいかがでしょうか？」

「すばらしい！　十年前よりも、上質な陶石になっている！」

陶石スライムがいた影響なのか、わからないものの、品質が向上しているという。

「これならば、いいボンボニエールが作れるはずだ！　いったいいくつくらい必要なんだ？」

「質問返しになってしまって申し訳ないのですが、あと半月ほどで、どれくらい作れますか？」

「昔の仲間達が仕事を引き受けた上で、材料である陶石さえあれば、百は作れるだろう。絵付けが必要であれば、五十だな」

せっかくなので、絵が入ったボンボニエールを作ってほしい。ココが描いたニオイスミレのデザイン画を見せると、可能だという。

「問題は陶石だな」

十年前とは異なり、足腰《あしこし》の調子がよくないようで、洞窟《どうくつ》まで一日に何度も行き来するのは難しいという。

「陶石は、私がテイムしたスライムに運ばせます」

「使役《しえき》したスライムはそんなことができるのか？」

「ええ。最深部で契約した、陶石スライムです」

「陶石のスライムだって⁉」

「ええ。危険はまったくないので、安心してください」

十年間、陶石の採掘場《さいくつじょう》を占拠《せんきょ》していたスライムであるが、現在はガブリエルと契約している。危険はないと説明した上で、召喚してみせた。

魔法陣の上から、陶石スライムが登場する。洞窟で見たときよりも表情がやわらかくなっており、親しみを感じてしまう。

アダンは陶石スライムを凝視《ぎょうし》し、感嘆《かんたん》の声をあげる。

「本当に、陶石のスライムだ」

「きっと、ボンボニエール作りの役に立つでしょう」

ガブリエルは最初から採掘《さいくつ》作業を手伝ってもらうつもりで、陶石スライムと契約したようだ。

「陶石でできたスライムなんて、どうしてこんなのが生まれたんだ？」

「おそらく、洞窟にある陶石を食べ続けることによって、このような姿になったのでしょう」

「はあ、なるほどなあ。スライムというのは不思議な生き物だ」

「それは私も思います」

ガブリエルが最深部の陶石を持ってくるように命じると、陶石スライムは『はーい』と返事をし、洞窟のほうへ転がっていった。

「おそらく、明日までには陶石を持ち帰ってくるでしょう」

「帰ってきたら、どうすればいいんだ？」

「何もしなくても問題ありませんが、可能でありましたら、彼《かれ》らに水を与えていただけると助かります」

「わかった」

契約書《けいやくしょ》は後日送るという。

「報酬《ほうしゅう》を確認してから、引き受けるかどうか確認したほうがいいのでは？」

「いや、いい。あんた達はケチなことはしないだろう。喜んでやらせてもらおう」

改めて、アダンに頭を下げる。

「お話を引き受けてくださり、本当にありがとうございました」

「いいや、礼を言わなければならないのはこっちのほうだ。ボンボニエールなんて、もう二度と作れないと思っていたから」

いい品を作ってやる、と言ってくれた。手を振《ふ》り、アダンと別れたのだった。

太陽が沈《しず》みかけていたので、転移魔法で帰宅する。なんとも充実《じゅうじつ》した一日であった。

第三章　公爵令嬢フランセットは、ボンボニエールを作る

翌日、ニコ、リコ、ココと共に磁器工房《こうぼう》に向かった。

途中《とちゅう》、窓の外から工房を見たニコがギョッとする。

「な、なんか工房の前にたくさん積み上がっているのですが！」

いったい何事なのかと覗き込むと、真っ白い石が山のように積み上がっている。

「あれは陶石だわ」

昨日、ガブリエルが陶石を運んでくるように命じたが、一回であそこまでの量を運んでくるなんて。

陶石のスライムは陶石の前でころころ転がっていた。すぐ近くにタライが置かれており、水をたくさん貰《もら》ったようだ。

馬車が工房の前に止まるのと同時に、アダンがやってきた。

「ああ、今日はあんただけか」

「はい。その、陶石、驚《おどろ》きました」

「ああ。こんなにたくさん運んでくるなんて、思ってもいなかった」

おそらく、陶石スライムは陶石を口に含《ふく》んだ状態で、ここまで運んできたのだろう。

「ひとまず、朝から陶石を砕《くだ》いている。久しぶりに、風車を最大に稼働《かどう》したな」

「ああ、あの風車、陶石を砕くためのものだったのですね」

「そうだ」

風車は砕くだけでなく、陶石の中にある不純物を取り除く作業も担《にな》っているという。動力は風だけでなく、魔石も組《く》み込まれているらしい。スプリヌ地方は強い風が吹く日が少ないので、特殊《とくしゅ》な構造になっているという。

風車は十年もの間、定期的に手入れをしていたので、問題なく使えるようだ。

「職人仲間に声をかけてみたんだが、皆《みな》、引き受けてくれるようだ」

かつて、磁器作りをしていた仲間達は、現在、靴《くつ》職人だったり、ガラス職人だったりと、さまざまな仕事に就《つ》いているらしい。今回は特別な依頼《いらい》ということで、手を貸してくれるという。

なんでも磁器工房が稼働しなくなったあとも、毎週のようにお酒を酌《く》み交わしていたらしい。昨日も集まる日だったので、早速《さっそく》声をかけてくれたようだ。

「昨日言っていたとおり、五十個は作れるだろう」

「助かります」

絵付けについて話したいというので、ココを交えて打ち合わせをする。ニコとリコは作業場の掃除《そうじ》をしてくれるというので、任せておいた。

あとから他の職人達もやってきて、工房は賑《にぎ》やかになっていく。

彼らは普段《ふだん》から手仕事をしている人達なので、いい物ができそうだ。

「ひとまず、試作品を完成させてから、本格的な生産に移る。数日待ってもらうことになるが、問題ないだろうか？」

「ええ、もちろんです。楽しみにしています」

いったいどんなボンボニエールができあがるのか。楽しみで仕方がない。

ひとまず、ボンボニエール作りはアダン達に任せることとなった。


それからというもの、魔物大公の会議に持って行くお土産《みやげ》用のニオイスミレの琥珀糖《こはくとう》作りの計画を立てる。

スライム大公家の菓子《かし》職人と話し合い、試作を開始した。その結果、宝石のようなニオイスミレの琥珀糖が見事、完成したわけだ。

ニオイスミレを粉末にしたものと、有効成分を抽出《ちゅうしゅつ》したニオイスミレ水を使っているので、口に含むと馨《かぐわ》しく香る。すばらしい仕上がりだった。

この新しいお菓子を、〝スミレの宝石〟と命名した。我ながら、いいネーミングだと自画自賛している。

お土産用のスミレの宝石は販売《はんばい》する物より少数であることから、特別な物を作りたい。そんな無茶《むちゃ》な私の意見に、コンスタンスがいいアイデアを提供してくれた。

「ニオイスミレのほとんどは紫《むらさき》なのですが、青や薄紅《うすべに》色、白、黄色などもあるのです。それらのスミレの宝石を一粒《つぶ》混ぜるのはいかがでしょう？」

「すばらしいアイデアだわ！」

コンスタンスの意見は即座《そくざ》に採用された。

それからというもの、ガブリエルや義母などから聞いた紫以外のニオイスミレを探しに、あちこちと散策して回る。

コンスタンスが言っていたとおり、紫以外のニオイスミレはほとんど咲《さ》いていない。

私が一日中、ボロボロになるまで探していたからか、翌日から義母が手伝ってくれるようになった。

なんでも幼少期に色違いのニオイスミレの押し花《ばな》を作っていたことを思い出したようで、率《そっ》先《せん》してさまざまな場所を案内してくれる。

「日当たりがいい場所には、なぜか黄色いニオイスミレが咲いているのよ」

「本当ですね」

おかげさまで、今日一日で十分な量が採れた。

「お義母様、手を貸してくださり、感謝します」

「いいのよ。昔を思い出して、楽しかったわ。この辺は、よくジュリエッタと遊んでいたのよ。久しぶりにきたわ。なんだか懐《なつ》かしいわね」

ジュリエッタというのは、義母の妹である。現在は王都にあるモリエール伯爵家《はくしゃくけ》に嫁《とつ》ぎ、そのまま一度も故郷に帰ってきていないという。

私もスプリヌ地方に移住する前に、モリエール夫人にはお世話になっていたことを思い出す。

「忘れていたけれど、記憶《きおく》の中のジュリエッタは笑っていたわ。嫁ぐときに、スプリヌ地方なんて大嫌《だいきら》いだから、せいせいする、なんてことを言っていたのに」

「それは――」

何か誤解があるのでは、と思ってしまう。

以前、モリエール夫人が故郷について語るときは、とても切なそうな表情を浮かべていた。嫌《きら》いだったら、口にすらしないだろう。

「以前、モリエール夫人とお話ししたとき、スプリヌ地方のクラフティが大好きだっておっしゃっていました」

「あの子が？」

「はい。今でも、何年経《た》っても、クラフティへの思いは特別みたいです」

「そう」

長年音信不通状態である義母とモリエール夫人だが、なんとか仲直りしてほしいと思ってしまうのは、おこがましいことなのか。他人が介入《かいにゅう》していい問題ではないのは、重々承知しているのだが。

「フランセットさん、帰りましょうか」

「はい」

義母と共に、家路に就いたのだった。

帰宅後、まっすぐガブリエルの部屋へ向かう。ニオイスミレの採取結果を報告するのだ。

扉《とびら》を叩くと、すぐに返事があった。ドアノブに触《ふ》れようとした瞬間に扉が開かれ、ガブリエルが出てくる。

「フラン、お帰りなさい」

「ただいま」

こうしてガブリエルから出迎《でむか》えられるのは初めてのような気がする。なんとなく気恥《きは》ずかしい気持ちになった。

「どうかしたのですか?」

「少し報告しようと思っていたんだけれど、忙《いそが》しかった?」

「まったく、これっぽっちも忙しくありません。フランの用事以上に、重要なことなどありませんので」

いろいろあると思うが――指摘《してき》せずに勧《すす》められた長椅子《ながいす》に腰《こし》かける。

テーブルの上には新聞や手紙が雑多に広げられていた。その中に、セイレーン大公の名前が書かれた手紙を発見してしまった。

目にした瞬間、どくん! と胸が大きく脈打つ。

私が気づいたのとガブリエルが手紙を手に取り、懐《ふところ》へしまうのは同時だった。

何か見られてはいけないものを隠《かく》したかのような動作である。手紙にはいったい何が書かれていたのか。

「フラン、それで報告というのは、なん――」

言い終える前に、扉が叩かれる。ワイバーン便で届けられた、とコンスタンスが銀盆《ぎんぼん》に載《の》った手紙を差し出してきた。

「いったい何事です？」

「セイレーン大公からです」

ガブリエルは手紙を受け取るやいなや、封《ふう》を切って内容を確認する。

「これは⁉」

「セイレーン大公がどうかしたの？」

「明日、スプリヌ地方を訪問するようです」

いったい何の用事で？　という追及《ついきゅう》の言葉が出てこない。

急な先触《さきぶ》れでやってくる意味は、ガブリエルに会いたいという動機以外思いつかなかった。

ガブリエルは眉間《みけん》の皺《しわ》を解《ほぐ》しつつ、盛大《せいだい》なため息をついている。なんとなく、セイレーン大公との手紙のやりとりを私に知られたくなかった、という空気を感じてしまった。

モヤモヤとした気持ちが広がるも、ガブリエルにだって、親しい女性のひとりやふたり、いるのだろう。

セイレーン大公との仲が気になるのは、私がガブリエルに対して遠慮《えんりょ》し、一歩踏《ふ》み出せていないからだ。

彼を深く知るには、どうしたらいいのか。それについては、彼についてもっともっと知るべきである、というのはプルルンから聞かされていた。

考えが上手《うま》くまとまっていないのに、気が焦《あせ》っていたのか質問してしまう。

「ねえ、ガブリエル、聞きたいことがあるのだけれど」

「なんですか？」

「私について、どう思う？」

「え⁉」

「婚約《こんやく》してくれたのだから、嫌いではないでしょう？」

ガブリエルは瞳《ひとみ》を極限まで見開き、絶句していた。その表情を見て失敗した、と思う。もともと私と彼の婚約は契約的なもので、愛が伴《ともな》っていたわけではない。それなのに気持ちを確認してしまった私は、愚《おろ》かとしか言いようがない。

「あの、ごめんなさい。なんでもないの！」

「いや、しかし――」

「今度、ゆっくり話しましょう」

「報告は？」

「急ぎの話ではないから、明日でもいいわ」

「わかりました」

穴があったら入りたい、と思うくらいに恥《は》ずかしかった。火照《ほて》った頬《ほお》を指先で冷やしつつ、ガブリエルと別れる。

「では、おやすみなさい」

「ええ、おやすみ」

ガブリエルを見送ったあと、は――――と盛大なため息が零《こぼ》れた。

質問は失敗してしまったものの、彼についていろいろ知るにはこちらから積極的に聞くしかない。方向性は間《ま》違《ちが》っていないぞ、と自らを奮い立たせたのだった。


アレクサンドリーヌを膝《ひざ》に乗せて撫《な》でつつ、ガブリエルとの距離を縮めるためにはどうすればいいのか考える。

そんな中、コンスタンスがやってきた。紅茶を持ってきてくれたようだ。

「コンスタンス、ありがとう」

「いいえ」

去ろうとする彼女の腕を取り、引き留める。

「ねえ、コンスタンス。聞きたいことがあるの」

「なんでしょうか？」

「ガブリエル宛《あて》のセイレーン大公からのお手紙は、頻繁《ひんぱん》に届いているの？」

私の質問に、コンスタンスは少しだけ気まずげな表情を浮かべる。

彼女の主人はガブリエルである。妻でもない私の質問には答えないと思っていたのに、コンスタンスは教えてくれた。

「ここ最近、何通も届いているようです」

「そう……」

やはり、セイレーン大公とガブリエルは密な手紙のやりとりを行っているらしい。

「あの、コンスタンス。ガブリエルとセイレーン大公は、その、どういった関係なのかご存じ？」

「申し訳ありません、詳しくは存じ上げません」

「そうよね」

知っていたとしても、コンスタンスは主人であるガブリエルの情報について漏《も》らさないだろう。

わかっていたのに、聞いてしまった私が悪い。

「ただ――」

「ただ？」

「セイレーン大公が旦那様《だんなさま》の好みの女性でないことは、確実です。旦那様は、フランセット様が世界で一番大好きなんです」

コンスタンスが自信満々な様子で言うので、思わず笑ってしまう。

「ふふ、おかしい。コンスタンス、ありがとう」

難しく考えていた気持ちがどこかへいってしまう。悩《なや》みがあるときは、こうして誰《だれ》かと話したほうが、気が紛《まぎ》れるのかもしれない。

コンスタンスに感謝し、彼女を下がらせたのだった。

翌日――朝から湖水地方のアヒル堂の工房へ行き、スミレの宝石作りを行った。

集中して進めていたからか、時間はあっという間に過ぎていく。

スライム大公家に戻《もど》ったのは夕方で、そろそろガブリエルに報告をしに行かないといけない。

ガブリエルの部屋に行くと、扉が少し開いていた。中には誰かいるようで、声が聞こえてくる。

「まったく、お前は頑固《がんこ》だな」

セイレーン大公の声が聞こえる。なんだか声が、いつもより艶《つや》っぽく聞こえてしまった。

もしや私は、聞いてはいけない会話を耳にしているのではないのか。

このまま回れ右をして立ち去らないといけないのに、足が石化したように固まって動けない。

視線を部屋のほうへ向けると、僅《わず》かに開いた隙間《すきま》からガブリエルとセイレーン大公の姿が見えた。

年若い男女が、個室にふたりきり――通常であれば許されない状況《じょうきょう》である。

ガブリエルは顔を背《そむ》け、セイレーン大公は縋《すが》っているように見えた。

「どうしても私の気持ちを受け入れてくれないのか？」

「以前とは、事情が違《ちが》うんです」

そのやりとりを聞いた瞬間、私は弾かれたように走っていた。

何を話していたのか聞くべきだったのかもしれないが、体が自然と動いていたのだ。

部屋に戻り、その場に頽《くずお》れる。

盗《ぬす》み聞きはよくないものの、耳にしてはいけない会話を耳にしてしまった。

会話から推測するに、ふたりはとてつもなく親密だった？

ガブリエルはすでに関係を清算していたように思えたが、セイレーン大公はまだ気持ちが残っているように聞こえたのだ。

セイレーン大公の一方的な片想《かたおも》いであれば、ガブリエルを問いただすことなんてできないだろう。

胸が痛い。結婚《けっこん》する相手が愛する男性《ひと》だというのは、こんなにも辛いものなのか。政略結婚であれば、愛人がいても気にならなかっただろうに……。

控《ひか》えめに扉が叩かれる。廊下《ろうか》から、声がかけられた。

「フランセットさん、大丈夫ですか？　さっき、あなたが走って部屋に帰っていたって、侍女《じじょ》から聞いたものですから」

義母の声である。心配して様子を見に来てくれたようだ。

扉をそっと開いて、義母を部屋に招き入れた。

「すみません、騒がしくしてしまって」

「いいのです。何かあったのです？」

「いえ、何も」

「嘘《うそ》おっしゃい。今にも泣きそうな顔をしています」

まさか、表情でバレてしまうとは思わなかった。義母を招き入れずに、大丈夫だと言えばよかったと後悔《こうかい》する。

「ガブリエルと喧嘩《けんか》でもしたのですか？」

「いいえ、していません」

「だったら、セイレーン大公とガブリエルを巡《めぐ》って、何かやりあったのでしょうか？」

「違います」

「あら、残念」

義母は女同士の戦いを期待していたらしい。心配させて申し訳ないと思った気持ちを返してほしい。

「よくわからないけれど、セイレーン大公がガブリエルにちょっかいをかけているのですね？」

「いえ、詳しいことはよくわからないのですが」

「でも、面白《おもしろ》くないですよね」

面白くない――その言葉を聞いて、ハッと気づく。私はずっと、ガブリエルとセイレーン大公の関係に嫉妬《しっと》していたようだ。

「フランセットさん、もしかして、具合でも悪いのですか？」

「いえ、その、お恥ずかしい話なのですが、少し前から、彼とセイレーン大公の関係を気にしていまして。モヤモヤした感情をもてあまし、落ち込んでいたのですが、たった今、それが嫉妬であると気づいたもので……少し驚いていました」

「そうだったの。ガブリエルがごめんなさい」

「いいえいいえ。人付き合いに寛大《かんだい》になれない私も悪いのです」

不可解な感情が何かわかり、少しだけすっきりしたような気がする。もちろん、こうして義母に話を聞いてもらった効果もあると思うのだが。

勇気を振り絞《しぼ》って、義母に質問してみる。

「あの、ガブリエルとセイレーン大公は、かつて恋仲《こいなか》だったのですか？」

「セイレーン大公と、あの子が？」

義母は一瞬《いっしゅん》ぽかんとした表情を見せていたものの、すぐに破顔する。

「そんなのありえない！　少し前までのあの子、熱した油みたいに他人を拒絶《きょぜつ》していたんです。フランセットさんと出会うまで、恐《おそ》ろしくて誰も近寄れなかったですよ」

「そ、そうだったのですか？」

「ええ」

なんでも幼少期のガブリエルは物静かで、聞き分けがいい子だったという。そんな彼に変化があったのは、王都の魔法《まほう》アカデミーに二年間通っていた期間だったらしい。

「どうせ、スライム貴族の嫡男《ちゃくなん》だとバカにされたのでしょう。スプリヌ地方に戻ってきたガブリエルは口数も少なくなって、会話も必要最低限になってしまったのです」

その後、ガブリエルの父親が失踪《しっそう》し、彼は大公位を継《つ》ぐこととなった。多忙《たぼう》を極《きわ》めていたため、親子はゆっくり話す時間などなかったという。

「大変だったと思います。若くして、爵位《しゃくい》を継ぐことになって。助けてあげたかったけれど、ガブリエルは私の手を取らなかった」

「母親に迷惑《めいわく》をかけてはいけない、と思ったのかもしれません」

「そう、かもしれないですね。それに加えて、自分ひとりで大丈夫っていう意地もあったかと」

親子の溝《みぞ》は年々深まり、一ヶ月と会話がない期間もあったという。家庭内別居のようになっていたようだが、そんな暮らしにも終わりが訪《おとず》れた。

「フランセットさんとの婚約が決まってから、あの子は私と話すようになりましたの。絶対にいじわるなことを言わないでとか、スプリヌ地方での当たり前を押しつけるなとか、あまりしつこく干渉《かんしょう》するな、とか。まるで小姑《こじゅうとめ》のようでした」

ガブリエルがそんなふうに根回しをしていたなんて、ぜんぜん気づいていなかった。ここに来てからというもの、皆親切で、困った瞬間などなかったように思える。

王都育ちの私がスプリヌ地方で快適に暮らせるように、ガブリエルは努力していたのだ。

「あの子のことなら、心配しないでください。きっと、大好きなのはフランセットさんだけでしょうから。信じてあげてくださいな」

「はい」

これまで一瞬でもセイレーン大公と恋仲なのではないか、と疑ってしまった自分を反省する。

「ただ、セイレーン大公については少し厄介《やっかい》ですね。これまで、一度もスプリヌ地方を訪れたことなんてなかったのに」

「だったらどうして、急にガブリエルへ興味を持ち始めたのでしょうか？」

「そうですねえ。可能性としては、他人のものになったガブリエルが、急に魅力的《みりょくてき》に見えたから、とか?」

そういう話ならば、社交界で耳にしたことがある。

とあるご令嬢《れいじょう》は幼少期から仲がよいご令嬢の私物をなんでも欲《ほ》しがった。同じ物を買えばいいのではと言っても、聞かなかったようである。そのご令嬢は最終的に、仲がよいご令嬢の婚《こん》約者《やくしゃ》を奪《うば》ったのだ。最後、ふたりのご令嬢は仲違《なかたが》いし友情も潰《つい》えた、という話だったような。

「他人のものを欲しがる人、というのは意外と多いようで」

「ゾッとするような話です」

セイレーン大公はそういうタイプには思えないのだが……。もしかしたらのっぴきならない事情があるのかもしれない。

ガブリエルも、セイレーン大公との手紙を私から隠そうとしていたし。

「フランセットさんが望むのならば、セイレーン大公を我《わ》が家《や》から追い出すこともできるけれど、どうします?」

「いいえ。そこまでしていただかなくても、大丈夫です」

私にできることは、ガブリエルを信じるだけだ。彼の言葉を疑わないようにしよう。

それから、セイレーン大公のことなんか気にならないくらい、私のことを好きになってもらえばいいのだ。

やはり、私達に足りないのは対話だろう。ガブリエルが毎日忙しいのは承知の上だが、少しだけ私のために時間を割いてもらいたい。

それと同時に、もうひとつだけ作戦を立てる。それは周囲の人達の協力だ。

「お義母様、別のお願いをしてもいいでしょうか？」

「あら、何でしょう？」

「魔物《まもの》大公の会議で王都に行くガブリエルに同行する約束をしていたのですが、なんだか気まずいので、お義母様も一緒に行ってくれますか？」

「私が、王都に？」

「ええ」

義母は以前、生涯《しょうがい》、スプリヌ地方から一歩も出ないと宣言していたくらい、故郷愛が強い。

ただそれも、王都で暮らす妹モリエール夫人がいるから、そのように言っているのだろう。

私は「どうかお願いします」と訴《うった》え、深々と頭を下げて懇願《こんがん》した。

「そうですね。正直、王都になんか行きたくないけれど、かわいいフランセットさんの頼《たの》みだし……。わかりました。一緒に行ってあげましょう」

「お義母様!!　ありがとうございます!!」

嬉《うれ》しくなって、義母に抱《だ》きつきにいってしまう。

「ちょっと！　そんなに喜ばなくても」

「とても嬉しいです！」

どさくさに紛れて、モリエール夫人と仲直りする機会があればいいな、と思ってしまった。

その後、セイレーン大公は朝を待たずに帰っていったらしい。

私はコンスタンスの報告を聞きながら、ガブリエルへメッセージカードを作る。

それは、お茶会の誘《さそ》いだ。紅茶一杯《いっぱい》を飲む程度の時間であれば、忙しくてもどこかで捻出《ねんしゅつ》できるだろう。

普段ならば絶対に書かない、〝愛を込《こ》めて、フランセットより〟という言葉を書き綴《つづ》る。

猛烈《もうれつ》に恥ずかしいが、これくらいしないと、距離《きょり》は縮まらないだろう。

意を決し、カードをコンスタンスに託《たく》す。

「ねえ、コンスタンス。これをガブリエルに渡《わた》してくれる？」

「承知しました」

ドキドキしながら、カードを運ぶコンスタンスを送り出す。

もしかしたら、お茶会だなんて迷惑かもしれない。そう思っていたのに、十分と経たずに返事があった。

ガブリエルは真珠《しんじゅ》のような照りのある美しいカードにただ一言、〝いつでもよろこんで〟と書いてくれた。

勇気を振り絞ってよかった、と心から思ったのだった。

◇◇◇

ガブリエルとのお茶会は、夜に行うことになった。

心の距離を近付けるのと同時に、物理的な距離も縮めるため、ふたり掛《が》けの長椅子をひとつとテーブルを用意してもらった。

いつも向かい合って座《すわ》ることが多いので、ガブリエルは少し戸《と》惑《まど》っているように見えたが、腰を下ろしてくれたのでホッと胸をなで下ろす。

お茶は夜にふさわしい薬草をブレンドしたものを用意した。ホッとできるラベンダーや、睡《すい》眠促進作用《みんそくしん》があるカモミールを混ぜて淹《い》れてみたのだ。少々癖《くせ》を感じてしまうかもしれないので、蜂蜜《はちみつ》を垂らす。

「ガブリエル、今日はお茶会に来てくれて、ありがとう」

「いえ、とても嬉しかったです」

迷惑だったんじゃないか、と口にしそうになったものの、呑《の》み込んでよかった。

今日は彼に対して一歩踏み出そう、と覚悟《かくご》を決めていた。

遠慮なんてしていたら、一生打ち解けられないだろうから。

正直に、思いの丈《たけ》をガブリエルに伝える。

「今日、こうしてお茶会を開いたのは——私、もっともっと、あなたについて知りたいの。具体的には」

勇気を振り絞って、彼の手を握る。

「これまで以上に、仲良くなりたいわ」

何度も何度も心の中で練習していたのに、いざ口に出すと恥ずかしい。頬がじわじわと熱くなっていった。

「あの、ガブリエル、私――」

「フラン、私もです」

「え⁉」

ガブリエルは私の手を包み込むように握り返し、淡《あわ》く微笑《ほほえ》みかけてくれる。

「あなたについて理解を深め、いつでも支えられるような存在になりたいと、思っています」

そう言って、ガブリエルは額と額をこつん、と合わせてきた。

これまでにない距離感に、ドキドキしてしまう。

「あと、前に質問があった、フランについて私がどう思っているか、ですが」

「そ、それはもう答えなくても大丈夫《だいじょうぶ》よ」

「いいえ、言わせてください」

ガブリエルは私を抱きしめ、耳元で囁《ささや》く。

「世界一、大切に想《おも》っています」

思いがけず甘《あま》い言葉を聞いてしまい、言葉に詰《つ》まってしまう。

気持ちを言葉にするとたくさんの想いが返ってくるのだな、と身をもって痛感した。

紅茶を一口も飲んでいないのに、体中がポカポカしてくる。

そんな夜を、ガブリエルと共に過ごしたのだった。

◇◇◇

ボンボニエールの試作品が完成したというので、今日はコンスタンスと共に磁器工房を目指す。普段、男装している彼女《かのじょ》だったが、今日はスレートブルーの美しいドレスをまとっていた。

「コンスタンス、その恰好《かっこう》、よく似合っているわ。ドレスの色合いも落ち着いていて、とてもきれい」

「ありがとうございます。屋根色のドレスで、気に入っているんです」

たしかに、言われてみればスプリヌ地方でよく見かける屋根と同じ色合いだ。

「スレートブルーって、粘板岩《ねんばんがん》のカラーからできた名前だったのね」

「おそらく、そうだったのでしょう」

そんな話をしているうちに、工房に到着《とうちゃく》する。ガブリエルと契約《けいやく》した陶石スライムが、工房の前でコロコロ転がっていた。

ガブリエルと契約したばかりの頃《ころ》は、ごつごつした岩の形をしていたのだが、久しぶりに見たら形が丸くなっている。なんともかわいらしいシルエットになっていた。

陶石を採掘に行ったり、工房から洞窟へ行き来したりしている間に、体が削《けず》れてしまったのだろう。

「あなた、体の形が変わっているけれど、平気なの？」

『もんだいない！　むしろげんき！』

元気なようで、何よりである。

相変わらず、陶石は山のように積み上がっていた。ガブリエルの命令に対して忠実に、仕事をしているのだろう。

「何か困ったことはない？」

『なーい。たのしいよ、みずもくれるし！』

「そう。よかったわ」

ひとまず、陶石スライムは問題なく過ごしているようだ。

作業場のほうを訪問すると、職人達がわらわらとやってきて、出迎えてくれた。

「待っていたんだ！　俺達《おれたち》のボンボニエールを見てくれ！」

職人達は小さな子どものように瞳を輝《かがや》かせ、作業場の中へと誘ってくれる。

テーブルの上には、完成したボンボニエールがちょこんと置かれていた。

ココが描《えが》いたニオイスミレの花が鮮《あざ》やかだ。卵のような優美な丸いシルエットがなんとも美しい。

「どうか手に取って、見てみてくれ」

そっと触れてみると、つるりと手触《てざわ》りがよく、信じられないほど軽い。

蓋《ふた》をそっと開くと、キン、という美しい音が鳴った。中身もつやつやとしていて、すばらしい仕上がりである。

「どうだ？」

「とてもすばらしい仕上がりです。こんなに美しい菓子器《かしき》は見たことがありません」

感想を聞いて嬉しかったのか、職人達は照れているようだった。

彼らのおかげで、想像以上のボンボニエールが仕上がった。感謝してもしきれない。

「じゃあ、これで製作を始めてもいいのか？」

「はい。お願いします」

コンスタンスと共に、深々と頭を下げたのだった。

今日は完成品の確認《かくにん》だけでなく、磁器作りの見学をさせてもらう。アダンが直々に案内してくれた。

まず、運ばれてきた陶石は洗浄《せんじょう》するらしい。井戸みたいな地下水を吸い上げる水場があり、紐《ひも》に繋《つな》がったタライに陶石を入れて落とすようだ。入れ替《か》わるように、もう片方に繋いでいた陶石入りのタライが上がってくるという仕組みらしい。井戸の底には水質浄化魔法《じょうかまほう》がかけられているらしく、水が汚《よご》れることはないようだ。

コンスタンスは真剣《しんけん》な眼差《まなざ》しを井戸に向けていた。

「水質浄化魔法、お風呂《ふろ》に欲しいですね」

「何日も同じお湯に浸《つ》かるの、なんだか微妙《びみょう》な気持ちにならない？」

「浄化《じょうか》されて、きれいになっているのですよ」

「わかっているんだけれど、こう、複雑な気持ちになるわ」

コンスタンスは気にならないらしい。彼女はいつも屋敷《やしき》の細かな点に気づいてくれるが、自分のことに関しては大らかなのだろう。

次に陶石を砕く風車の内部に案内してもらった。内部は陶石を砕くガタンゴトンという大きな音が響《ひび》き渡っている。

アダンはここでの工程について、わかりやすく教えてくれた。

「ここでは陶石を粉砕《ふんさい》したあと、水簸《すいひ》といって水で砕いた陶石を洗い流し、中に含まれる鉄などの、磁器作りに不要なものを取り除いていく」

ここで水にさらすと、磁器作りに不必要な物質は沈殿《ちんでん》し、取り除くことができるらしい。

手触りのいい磁器を作るために、重要な工程のようだ。

水にさらした陶石は、なめらかな液体状になる。これを次の風車まで運び、風車で圧力を加えて水分を抜《ぬ》き取るのだという。

「固形になったものを、磁土《じど》と呼んでいる。この磁土を次の風車に運び、今度は中に含まれているであろう空気を抜いていくんだ」

そういった作業を経て、やっと磁土が完成するようだ。

「思っていた以上に、大変な作業なのね」

「ええ。陶石を砕いたあと、水を入れたら磁土が完成するものだと思っていました」

アダンは自慢《じまん》げな様子で磁土を見せてくれる。

「この状態から、ボンボニエールの形を作り始めるの？」

「いいや、まだだ」

完成した磁土は作業を行う工房に運ばれ、職人の手に渡る。

「このままでは全体の硬《かた》さが不均一で、上手い具合にボンボニエールの形にならない。だから、ここで一度磁土を練るんだ」

磁土をぐっぐっと手で押《お》して伸《の》ばし、丸めていく。これを何度か繰《く》り返すのだという。この工程を〝荒練《あらね》り〟と言うようだ。

「荒練りが済んだら、磁土で花を描くように練っていく。これをすることによって、磁土の細かな空気を抜いていくんだ。この工程を、〝花練り〟と呼んでいる」

手首を返すようにして磁土を回しつつ、花を描くように折りたたんでいく。

「この状態でようやく、ボンボニエールの成形に取りかかれるんだ」

練った磁土を回転する台に置き、指先やヘラを使って形を整えていく。あっという間に卵型の原形ができたので、魔法のようだと思ってしまう。

形が整ったらピアノ線のような紐で半分に切り、蓋と器に分ける。

「この状態のものを一日乾燥《かんそう》させたあと、削りの作業に取りかかるんだ」

乾燥させたものを持ってきて、削りを見せてくれた。

削り用のヘラを使い、器用に磁土を削《そ》ぎ取っていく。最後に陶芸《とうげい》用のナイフで形を整えたら、成形は完成となる。

「この状態のものを室内で一日、外で四日ほど乾燥させて、素焼《すや》きにする」

急激に熱したら割れてしまうので、最初の一時間くらいは低温で。そのあとは高温で焼くらしい。

素焼きしたあと、絵付け作業に取りかかるようだ。

驚《おどろ》くべきことに、絵付けは下絵なしで行う。職人達は見事なニオイスミレを描いてくれた。

「素焼きし、絵付けしたものを、釉薬《ゆうやく》に浸ける。これをすることによって、磁器は真珠のように輝くんだ」

釉薬はさまざまな鉱物を粉末状にして混ぜて作るもので、これを塗《ぬ》ることにより、美しい膜《まく》ができるという。

「釉薬を塗ったあとは、本焼きにする。七時間から八時間ほど焼いて、最後に高温で焼いて完成させる。冷却《れいきゃく》したら、磁器の美しい色合いを確認できるんだ」

大変な工程を経て、磁器は完成するというわけである。

「思っていた以上に手がかかるのね」

「そうだろう？　だから、完成した磁器は子どもみたいなもんなんだ」

磁器は今でも高価なわけである。こうして完成までの道のりを知ると、今後、磁器を見る目が変わってしまいそうだ。

「本当に半月で頼んだ数を作れるの？」

「まったく問題ない。倍の数でもいけるぞ」

「百個も⁉」

「ああ。陶石スライムが、いろいろと手伝ってくれるからな」

陶石スライムは暇《ひま》を持て余しているのか、磁土《じど》を運んだり、工房《こうぼう》の掃除《そうじ》をしたりしてくれるのだという。

それだけでなく、休憩《きゅうけい》時間の話し相手になってくれたり、一緒《いっしょ》に歌ったりと、楽しく過ごしているようだ。

「余った磁土も食べてくれるから、助かっているよ」

磁器は陶器《とうき》の様に、余った磁土を他に使い回せないらしい。そのため、磁土が余ったら破棄《はき》するしかないのだという。

「十年前に襲《おそ》われたときは、恐怖《きょうふ》でしかなかったのだが、不思議なものだな」

魔物は魔力《まりょく》を糧《かて》として生きている。魔力が尽《つ》きかけると飢餓《きが》状態となり、人を襲うのだ。

テイムした状態の魔物は魔力が安定して供給されるため、人を襲うことはない。そんな魔物の事情を説明すると、職人は遠い目をする。

「スライムも生きるために、必死だったというわけか」

もう恐ろしいと思う気持ちはないというので、ホッと胸をなで下ろした。

見学が終わると、工房の職人達と一緒に差し入れとして持ってきたチーズタルトと共にお茶を囲む。

陶石スライムにはジャムを溶《と》かした水が用意されていた。おいしそうにごくごく飲んでいる様子は、愛らしいとしか言いようがない。

職人達にもかわいがってもらっているようで、よかったと思う。

それにしても、ここまで状況が上手く転がるとは思っていなかった。腕《うで》のいい職人達のおかげだろう。

「みなさん、本当にありがとうございました。これから大変かと思いますが、ボンボニエールをどうぞよろしくお願いします」

コンスタンスも一緒に頭を下げてくれた。

「ガブリエルも一緒に来られたらよかったのですが――」

現在、ガブリエルは魔物大公の会議に向けて、仕事を前倒《まえだお》しで行っている。一年の中でもっとも忙しい日々を過ごしているようだ。

「領主サマは毎日、料理やら果物やらを送ってくれるんだ。十分なくらい、気にかけてもらっているよ」

少し前に差し入れについて聞いていたものの、喜んでくれているようだ。帰ったらガブリエルに報告しよう。

帰ろうとしたら、職人達が木箱を差し出してくれる。中に入っていたのは、試作品のボンボニエールだった。

「これは、あんたに受け取ってほしいんだ」

「いいのですか？」

「ああ」

「ありがとうございます。大切にします」

完成したボンボニエールと共に、コンスタンスと帰宅したのだった。


一日はあっという間に過ぎていく。帰宅したころには、すっかり日が落ちていた。

私の帰りを出迎えてくれたリコが、耳元で囁く。

「フランセット様のお帰りを、旦那様が心配されているご様子でした」

湖水地方のアヒル堂の工房に立ち寄っていたら、すっかり日が暮れてしまったのだ。

「ガブリエルは執務室《しつむしつ》にいるの？」

「ええ」

「だったら、そのまま向かうわ」

ここ最近、ガブリエルはバタバタしていたため、じっくり話すのは久しぶりだ。その影響《えいきょう》か、妙《みょう》にドキドキしている。

仕事の邪魔《じゃま》をしないように、必要なことだけ報告したら撤退《てったい》しよう。

それにしても、心配をかけていたとは申し訳ない。余裕《よゆう》がない状況でも、心の片隅《かたすみ》で私を気にかけてくれているようで、とても嬉しかった。

扉を叩《たた》いたあと、声をかける。

「ガブリエル、少しいいかしら？」

「フラン⁉」

扉は勢いよく開き、ガブリエルが出てくる。

「おかえりなさい」

「ええ、ただいま。湖水地方のアヒル堂に寄っていたから、少し遅《おそ》くなってしまったの」

「そうだったのですね」

ガブリエルは淡い微笑みを浮《う》かべつつ、私を執務室の中へと誘ってくれた。

まずは、今日完成したばかりのボンボニエールを見せる。

「これは――想像していたよりもずっと、すばらしいです」

「そうでしょう？　ここまでの品を仕上げてくれるなんて、びっくりしたの。このボンボニエールにスミレの宝石を詰めて、お土産《みやげ》として持って行く日を楽しみにしているわ」

「私も楽しみです」

それから陶石スライムの様子や、職人達が差し入れを喜んでいたこと、想定以上のボンボニエールを納品できそうだという件などを報告する。

「順調なようで、喜ばしいです」

ひとまず、ガブリエルがお土産用に三十個持って行き、あとはいつもの菓子店《かしてん》で委託販売《いたくはんばい》する予定だ。

「あの、委託販売についてですが、新聞報道されるので、もしかしたら菓子店や周辺地域の人達に迷惑をかけてしまうかもしれません」

「その辺はきちんと店側と話しているから大丈夫。ボンボニエールは倍の数作るつもりだし、他のお菓子《かし》も多めに納品する予定だから。ご近所さんには、湖水地方のアヒル堂のお菓子を配る予定なの」

「対策済みだったわけですね」

「ええ、もちろんよ」

湖水地方のアヒル堂のお菓子が購入《こうにゅう》できるのは、今のところソリンがいる菓子店だけだ。そのため、毎日大勢のお客さんが押しかけているという。私達が納品したお菓子以外もたくさん売れるので、感謝されているのだ。

「あの、ひとつ質問してもいいでしょうか？」

ガブリエルはいつになく緊張《きんちょう》した面持《おもも》ちで話しかけてくる。

「何かしら？」

「フランは、その、王都に湖水地方のアヒル堂の店舗《てんぽ》展開をすることについて、考えていますか？」

突然《とつぜん》、言いにくそうに何を質問するのかと思いきや、なんてことない内容であった。

「これまで一度も、王都での店舗展開をしようだなんて考えていないわ。そんなことをしたら、皆《みな》、スプリヌ地方にお菓子を買いにこなくなってしまうでしょう？」

あくまでも、王都で販売《はんばい》するのは話題作りである。湖水地方のアヒル堂の経営で、大きな収益を得ようとは思っていない。

「王都ですぐに売り切れるお菓子が、スプリヌ地方に行ったらたくさん購入できる——というのは、将来的にこの土地にとって、大きな益になればいいなと考えているのよ」

私の話を聞いているうちに、ガブリエルはうるうると涙《なみだ》ぐんでいるような気がする。

「でも、突然どうして？」

「いえ、フランは王都でも湖水地方のアヒル堂の評判を広げたいのではないか、と思ったものですから」

「そう。安心して。私がスプリヌ地方を離《はな》れて、何かしようと思うことはないから」

「ありがとうございます。とても嬉しいです」

ここ最近、私がバリバリ働いているので、もしかしたら事業を拡大したいのでは、と思ったらしい。杞憂《きゆう》だとわかり、ホッとしたという。

「私がスプリヌ地方から離れていかないか心配していただなんて、ガブリエルったらお義母様みたい」

「生まれて初めて、母の気持ちを理解できました」

そんな話をしながら、笑い合う。

セイレーン大公とのことで私が一方的にギクシャクしていたわけだが、お茶会を開いたあとはいつもの関係に戻ったので、ホッと胸をなで下ろした。

◇◇◇

半月後――発注していたボンボニエールが完成する。

急いで湖水地方のアヒル堂の工房に持ち込み、スミレの宝石を丁寧《ていねい》に詰めていく作業を行った。

魔物大公の会議に持って行く分は、ひとつひとつ木箱に入れて割れないようにしておく。

菓子店に納品する分は布に包んで、丁重《ていちょう》に運ぶようだ。

目が回るような毎日を過ごしているうちに、王都へ出かける日を迎《むか》えた。

王都に同行してもらうのは、リコとココのみ。ニコはアレクサンドリーヌのお世話を頼んでいる。

「フランセット様、アレクサンドリーヌ様のことはお任せください」

「ええ、お願いね」

アレクサンドリーヌはなぜかガアガアと力強く鳴いている。まるで、ニコのことは任せろと訴えているように思えてならなかった。

湖水地方のアヒル堂については、コンスタンスに頼んでおく。

「コンスタンス、頼んだわよ」

「承知しました」

クールでかっこいいコンスタンスは、湖水地方のアヒル堂で働く女性陣《じょせいじん》に大人気である。彼女が工房に顔を出したら、皆のやる気もぐんぐん上がるだろう。

プルルンは腕輪《うでわ》に擬態《ぎたい》し、私と共にある。テイムされた魔物が王都を闊歩《かっぽ》するのは珍《めずら》しくないようだが、騒《さわ》ぎになるのを避《さ》けるために、姿を変えているらしい。

『おうとは、かんそうしている！　プルルン、かぴかぴになるよお』

「こまめに水分を取るようにしましょうね」

『うん！』

スプリヌ地方の湿気《しっけ》に比べたら、王都はかなり乾燥しているのだろう。プルルンへの水分補給を忘れないようにしなくてはならない。

続いてやってきたガブリエルは、ローズグレイのフロックコートをまとっていた。魔物大公の会議用に仕立てたもので、よく似合っている。

「ガブリエル、すてきよ。よく似合っているわ」

「ありがとうございます。フランに頼んで正解でした」

褒《ほ》められて照れているのか、顔を逸《そ》らしつつ、眼鏡のブリッジを指先で押し上げていた。

ガブリエルは私に服を選ぶように頼んでくれたのだ。そういうお願いは初めてだったので、とても嬉しかった。

「フランのドレスも、美しいです」

フォレストグリーンのドレスは、スプリヌ地方の初夏の森をイメージして選んだものである。褒めてもらえて嬉しいが、一点、引っかかったので質問してみた。

「美しいのはドレスだけ？」

「あなたも」

ガブリエルは口にしてから恥《は》ずかしくなったようで、みるみるうちに顔が赤くなっていた。

いつもだったら聞き流しているものの、今日は突《つ》っ込んで聞いてみたのだ。おかげで嬉しい言葉を引き出せた。

最後にやってきたのは義母である。王都に行くのは、十五歳《さい》のときの社交界デビュー以来らしい。前日まで「王都行きは気乗りしないけれど、フランセットさんのためだもの」なんて言っていたものの、エナメルブルーの細身のドレス姿でビシッと決めていた。

「お義母様、とてもお似合いです。素晴《すば》らしいドレスだわ」

「ふふ、王都に行くのですから、これくらいしませんと」

褒められたことが満更《まんざら》でもなかったようで、嬉しそうに微笑んでいる。そんな義母の様子を見ていたら、誘ってよかったと思ってしまった。

「ガブリエル、お義母様もいらっしゃったから、そろそろ出発しましょうか」

「そうですね」

王都までは転移魔法で一瞬である。義母は初めてのようで、顔色を青くさせていた。

「魔法で王都に向かうなんて、恐ろしい」

「お義母様、大丈夫ですよ。瞬《まばた》きをする間に到着しますので」

「心配でしかないわ」

義母は私に抱きつき、かすかに震《ふる》えていた。大丈夫だから、と背中を優《やさ》しく撫《な》でる。

「では、行きますよ」

ガブリエルが魔法を展開させると、魔法陣《まほうじん》が床《ゆか》に浮かび上がった。体がふわっと浮かぶと、義母は叫《さけ》ぶ。

「きゃあ！　お、落ちるわ！」

「お義母様、心配ないので、落ち着いてください」

怖《こわ》がる義母に声をかけているうちに、王都に到着する。義母は顔色を青くさせながらも、王都の景色に驚いているようだった。

「ほ、本当に、魔法で王都まで移動できるのね」

「母上、疑っていたのですか？」

「当たり前よ。昔は何日もかけて、スプリヌ地方から王都にやってきていたんだから！」

ひとまず、落ち着けるところに移動しよう。近くにあった個室の喫茶店《きっさてん》へ義母を誘《いざな》う。貴族御用達《ごようたし》の喫茶店は自宅にいるような静けさで、のんびり過ごせるのだ。

店員から案内された個室を見た義母も、お気《き》に召《め》してくれたようだ。

「さすがフランセットさん。王都のいいお店をご存じなのね」

「ぼんやりしたいときは、ここに来ていたんです」

ただし、裕福《ゆうふく》な公爵令嬢《こうしやくれいじよう》時代であったが。没落《ぼつらく》してからは、紅茶一杯のお値段が数日の食費という環境《かんきよう》の中にいたので行けるわけもなかった。

「それにしても、王都って相変わらず人が多いわね。人通りを見ているだけで、くらくらしてしまいそう」

「わかります」

スプリヌ地方と比べると人口密度が圧倒的《あっとうてき》に高く、空を見上げたら商店や宿などの看板が目に入り、情報量の波に溺《おぼ》れてしまいそうになる。

「王都で生まれ育った私でも、圧倒《あっとう》されてしまいます」

「だからフランセットさんは、こういう静かな喫茶店を好んでいたのね」

「ええ、そうなんです」

淑女《しゅくじょ》教育に追われる中、姉との出来の違《ちが》いに気落ちし、姉を指導している家庭教師からの「なんであなたはできないのですか」という言葉に傷ついていた。

お茶会に参加しても、流行のドレスや宝飾品《ほうしょくひん》の話は興味がなく、それよりも木の枝に止まった鳥の名を知りたいと思っていた。

振《ふ》り返って見ると、私は信じられないくらい貴族社会に適応していなかったのだ。

「貴族女性として生きることをどこか息苦しく思っていて、でも、逃《に》げられないというのはわかっているから全力を尽くすしかない。そういう状況《じょうきょう》に、疲《つか》れていたのでしょう」

当時の私を癒《い》やしてくれたのは、ひとりで飲む一杯の紅茶だった。これがなかったら、とっくの昔に限界が訪れていたのかもしれない。

私の話を聞いていた義母やガブリエルが、悲しげな表情を浮かべていることに気づく。慌《あわ》てて取り繕《つくろ》った。

「今は毎日好きなことができていますし、見知らぬ鳥の名前を教えてくれるガブリエルもおりますので、その、幸せです」

「フランセットさん、私達のほうこそ、あなたが来てくれて、とっても幸せです。本当にありがとう」

義母はすっかり元気を取り戻《もど》し、笑顔《えがお》を見せてくれた。

◇◇◇

義母は宿で休むという。宿の前まで案内すると、目を丸くしていた。

「十階建ての宿なんて、初めて見たわ」

なんでも、義母が王都で社交界デビューしたときにはなかったらしい。

「上の階まで上がるのは大変そうだけれど」

「母上、こういう高層の建物には、魔石《ませき》で動く昇降機《しょうこうき》があるんです」

「階段を上がらずとも、十階に行き着くってこと?」

「ええ、そうです」

「それって、転移魔法みたいなものなの?」

「いいえ、井戸の水を汲《く》むバケツみたいな仕組みだと言えばわかりますか?」

「ごめんなさい。井戸から水を汲んだことがないの」

義母は生粋《きっすい》の箱入《はこい》り娘《むすめ》である。生まれたときから大勢の使用人に囲まれて育ったため、井戸と言われてもピンとこないのだろう。

「詳《くわ》しくは宿の者が丁寧に説明してくれるはずです」

「ひとまず、話を聞いてみるわ」

義母を見送ったあと、私とガブリエルは予定していたスケジュールをこなす。

まずはボンボニエールを数日前に納品していた菓子店に行き、検品を行う。

「ひとつひとつ丁寧に包んだけれど、中に入っているボンボニエールやスミレの宝石が割れていないといいわね」

「ええ」

職人達が心を込めて、丁寧に手作りしてくれたのだ。ひとつたりとも無駄《むだ》にしたくないというのが本音である。

約束していた時間に、裏口から訪問する。出迎《でむか》えてくれたのは、以前から仲良くしている店員のソリンだ。

「あ、フランセット！　いらっしゃい！」

「こんにちは、ソリン。久しぶりね」

「本当に。あ、ご主人さん、初めまして！」

「ソリン、私達まだ結婚《けっこん》していないの。婚約《こんやく》中よ」

「そうだったの？　ごめんなさい。もうなんか、雰囲気《ふんいき》がご夫婦《ふうふ》って感じだったから」

父が騎士《きし》隊に捕《つか》まった影響で結婚が先延ばしになり、婚約期間が長引いているのである。夫婦みたいと言われて、なんとも気恥《きは》ずかしくなってしまった。

「ガブリエル、彼女の名前はソリン。ここで働いていて、もうずっと仲良くさせてもらっているの」

ソリンにガブリエルを紹介《しょうかい》すると、何やら凝視《ぎょうし》している。

「あなた、どこかで――」

「そういえば、ガブリエルとソリンは初めましてではないわね」

「へ？　そうだっけ？」

「あのねソリン、彼《かれ》は私の〝常連さん〟よ」

ソリンはガブリエルを指差し、「あ――!!」と叫ぶ。

ガブリエルはかつて、私がこのお店に納品していたお菓子を買い占《し》めていたのだ。このように目立つ行動を繰り返していたため、ソリンから認識《にんしき》され、「常連さん」と呼ばれていたわけである。

「いや、びっくりしたわ」

ガブリエルは明後日の方向を見ている。あまり触《ふ》れられたくないのだろう。ひとまず話題を別のものに変える。

「ねえソリン、ボンボニエールはもう届いている？」

「もちろん」

食品保存用の倉庫に置いていているらしい。ソリンも検品を手伝ってくれるという。

「ごめんなさいね。予定よりも多くなってしまって」

「大丈夫。多ければ多いほど、うちのお菓子のついで買いをしてもらえるから。湖水地方のアヒル堂のおかげで、うちのお店きれいになったし、いいこと尽《ず》くめだよ」

「でも、忙《いそが》しいでしょう?」

「暇な時間を過ごすよりはずっといいわ」

彼女の優しさが、胸に沁《し》みる。

下町暮らしをしていた時代も、ソリンは私に栄養のある物をたくさん食べるように言ったり、時々パンを分けてくれたりと、いろいろ面倒《めんどう》を見てくれた。

ソリンは友達であり、もうひとりのお姉さんのような存在でもある。

「検品、私も手伝うから」

「ソリン、ありがとう」

作業を始める前に、菓子店の従業員用に確保していたボンボニエールをソリンに渡す。

「これは試作品のボンボニエールなんだけれど、よかったらお店のみなさんで分けて」

「うわ、ありがとう! 王都で話題の湖水地方のアヒル堂の新作を発売前に貰《もら》えるなんて、光栄だわ」

木箱を開けた瞬間《しゅんかん》、ソリンはハッとなる。

「これ、本当にお菓子なの?」

「ええ、そうよ」

「宝石が入っていてもおかしくないんだけれど！」

「すてきでしょう?」

「ええ、とってもすてき！」

ボンボニエールはかつて、スプリヌ地方で磁器を作らせていた貴族が、客人に手土産《てみやげ》として渡していたものらしい。ボンボニエール作りの技術を継承《けいしょう》した職人が、結婚式《けっこんしき》の贈《おく》り物として復活させた物なのだ。

「お菓子を食べ終わったら、耳飾《みみかざ》り入れにでもしようかしら」

「そうしてくれると嬉《うれ》しいわ」

ボンボニエールは贈った人への感謝の気持ちと共に手元に残る。人と人とのご縁《えん》が永遠に続きますように、と願いを込めて作った。

「中のお菓子は――えっ、これ宝石じゃないの!?」

「ソリン、それはニオイスミレのシロップが入った琥珀糖《こはくとう》なの」

「なんてことなの！　見た目も中身もすてきだなんて！」

予想以上の反応である。お客さんの手に渡《わた》るのが、ますます楽しみになってしまった。

「売る前からわかるわ。このお菓子、きっと大人気になるわよ」

「そうだといいけれど」

「予言できるわ。絶対に売れる、とね」

そんな話をしつつ、ボンボニエールを検品していく。丁寧に梱包《こんぽう》していた甲斐《かい》あって、傷ひとつないようだ。中に入れたスミレの宝石も問題ない。

「それにしても、まさか常連さんと結婚することになるとはねえ」

ソリンがそんなことを言った瞬間、ガブリエルがガタン！　と大きな音を立てる。

「ちょっと常連さん、ボンボニエールを落としたんじゃないですよね？」

「木箱の蓋を落としただけなので、大丈夫です」

「扱《あつか》いは慎重《しんちょう》にお願いしますよ」

ソリンに注意され、ガブリエルは反省する素振《そぶ》りを見せていた。

「フランセットはいつ、彼が常連さんだったって気づいたの？」

「ここ最近まで知らなかったわ。ガブリエルが自分でうっかり口にしてしまったの」

「へえ、そうだったんだー」

ソリンはガブリエルの反応が面白《おもしろ》かったようで、にやにやとした視線を向けていた。

「常連さん、もしかしたらフランセットのこと好きなんじゃないかって、思っていたのよ」

「どうして？」

「だって、フランセットのお菓子しか買わなかったし、元気か気にする素振りも見せていたから。でもね、あなたが納品する日にちや時間を教えても、絶対に姿を現さなかったの。だから、熱心な信仰者《しんこうしゃ》だったのね、と認識を改めていたところだったんだ」

湖水地方のアヒル堂の納品をするようになって、私のお菓子は毎日完売となり、常連さんも悲しんでいるだろうな、と思っていたらしい。

「でも常連さんったら、フランセットが直接納品しに来なくなってから、一度も訪れなかったから、熱心なだけじゃなく、筋金入りの信者なのねって考えていたわ。それがまさか、婚約していたなんて」

「ソリン、もうそれくらいにしてあげて」

倉庫は薄暗《うすぐら》いのではっきり見えているわけではないが、ガブリエルは顔を真っ赤にしていた。おそらく、とてつもなく恥ずかしいのだろう。

お喋《しゃべ》りしている間に検品は済んだ。すべて問題なかったわけである。

「じゃあ、あとは当日、しっかり販売するから任せて！」

「ええ、お願いね」

ココが描いたスプリヌ地方の絵も新しく飾《かざ》ってくれるらしい。お菓子やココの絵などを通して、たくさんの人にスプリヌ地方について知ってほしい。そんな願いを込《こ》めて、菓子店に託《たく》しているのだ。

「今日はこのあとどうするの？」

「父のところに行ってくるわ」

「あー、お父さん、そういえば、王都にいたわね」

「ええ」

姉アデルの婚約破棄《こんやくはき》によって屋敷や財産が没収《ぼっしゅう》されたメルクール公爵《こうしゃく》家であったが、陥《おとしい》れられたと明らかになったあとは、すべて返してもらった。

しかしながら、父は他人の妻を連れて逃避行《とうひこう》するという、最低最悪の行動に出ていた。母から反省すべきと言われたため、屋敷や財産の管理は分家の人達が行っている。

父は半年の禁固刑《きんこけい》を終えたあと、母からの罰《ばつ》として、私と住んでいた下町の平屋で、今も暮らしているというわけだ。

ソリンと別れ、下町の家を目指す。

「一緒に暮らしていたと言っても、ほとんど家に戻らなかったわ。毎日、愛人の家を転々としていたの」

愛人達曰《たちいわ》く、父には放っておけない謎《なぞ》の魅力《みりょく》があるらしい。娘である私から言わせていただくと、何もできないだらしない中年男性である。

「お父様ったら、お茶の沸《わ》かし方でさえ知らないの」

「そういう状況で、独り暮らしができるのですか？」

「母が従僕《じゅうぼく》を付けてくれたみたい。まあ、従僕という名の密偵《みってい》なんだけれど」

父が女性でも連れ込んだら、即座《そくざ》に隣国《りんごく》へ連絡《れんらく》がいき、母の制裁が下る仕組みらしい。

「家に女性を連れ込んだだけで、父は時計塔《とけいとう》に逆さ吊《づ》りの刑《けい》になるらしいわ」

「それは、かなり厳しいですね」

「ええ。でも、もともと母が徹底的《てっていてき》に管理しないと、父はただのダメ人間だったみたい」

結婚当初はクリケットチームがふたつ作れるくらい愛人がいたが、母の悩《なや》みの種だったようだ。

「母は口癖《くちぐせ》のように、父との結婚は政略的なものでよかったって言っていたわ」

もしも母が父を心から愛していたら、辛すぎる結婚生活を送っていただろう。

「こんなことを言っていいのかわかりませんが、よく、夫婦関係が成立していましたね」

「夫婦関係なんて、最初からなかったそうよ。母はずっと父に対して理解ができない他人として接していたみたい」

「な、なるほど。世の中には、さまざまな夫婦がいたものです」

「本当に」

義母は義父を愛していたので、出て行かれたときは辛かっただろう。逆に母は、父が出て行こうが不貞《ふてい》を働こうが、まったく気にならなかったらしい。

貴族女性としてどちらの結婚がいいのか、というのはよくわからない。

「フラン、あそこの家でしたか？」

「ええ、たぶん」

これまでなかった薔薇《ばら》のアーチができていたので、本当にここが父の家だということに自信がなくなってしまう。

庭を覗《のぞ》き込むと、麦わら帽子《ぼうし》を被《かぶ》った中年男性がしゃがみ込み、草花の手入れをしているようだった。

その様子を眺《なが》めていたら、中年男性がこちらに気づく。

「おや――驚いた。フランセットではないか！」

「お父様、だったのね」

「ああ、ガブリエル君も一緒か！」

「どうも、ご無沙汰《ぶさた》しておりました」

信じがたい姿に、ポカンとしてしまう。これまで趣味《しゅみ》は女遊び、好きなものはお酒、といった暮らしをしていた父が、顔や服を土で汚した状態でいたから。

「な、何をしていたの？」

「見ての通り、庭いじりだよ。なかなか楽しくて、最近はまっているんだ」

私がアレクサンドリーヌと世話していた畑は花壇《かだん》となり、ラベンダーやクレマチス、ライラックの花が咲《さ》いていた。

「これ、全部、お父様が育てたの？」

「そうだけれど、アンドレ君も手伝ってくれているんだ。彼は親切でね。いろんなことを教えてくれるんだよ」

アンドレというのは母が送《おく》り込んだ従僕らしい。密偵であるとわかっているようだが、それでも仲良くやっているみたいだ。

噂《うわさ》をしていたら、家の中から青年が出てくる。

「公爵様、どなたですか？」

「アンドレ君、娘と娘の婚約者《こんやくしゃ》が遊びに来てくれたんだ」

「そうでしたか。どうも初めまして。アンドレ・デュボワと申します」

アンドレは背が高く、日に焼けた肌《はだ》が妙に似合う好青年、といった印象であった。

「公爵様には毎日、本当によくしてもらっています」

「何を言っているんだ、アンドレ君。よく面倒を見てもらっているのはこっちのほうだよ」

なんというか。思っていた状態とぜんぜん違う。父はすっかり、アンドレという青年と仲良くなっているようだ。

これまで父を女たらしだと思っていたが、今日、訂正《ていせい》させてもらう。

父は〝人たらし〟だったのだ。

「どうぞ中へ。お茶を淹《い》れますね。公爵様は手を洗ってきてください」

「ああ、わかった」

父は井戸で手を洗いつつ、「アンドレ君の紅茶はおいしいんだ」と語っていた。

「ずいぶんと楽しそうに暮らしているのね」

「あ――すまない」

思いのほか、刺々《とげとげ》しい物言いになってしまった。

しかしながら私は父の悪評の影響で、結婚の予定を延ばしたのだ。これくらい、チクチク刺《さ》すような言い方をしても問題ないだろう。

「家族に迷惑《めいわく》をかけてしまったと、あれから本当に反省していたんだ。償《つぐな》えるものならば、なんだってするつもりだ」

別に、父には何も望んでいない。この先、誰《だれ》にも迷惑をかけないように生きてほしいとだけ願っているくらいだった。

「みなさん、紅茶が入りましたよ」

アンドレの声で、気まずかった空気が少しだけ和《やわ》らぐ。

お邪魔させてもらい、父が自慢する紅茶をいただいた。

「いやはや、まさか王都で大人気の、湖水地方のアヒル堂を経営されていたなんて」

私の話す近況《きんきょう》に、父よりもアンドレのほうが食いついてきた。

父用のボンボニエールは用意していなかったものの、お菓子の詰《つ》め合わせを渡したら、アンドレが喜んでくれたのである。

「領地の周知を目的に商売するなんて、普通《ふつう》は思いつきません。フランセットお嬢様《じょうさま》はとてつもない天才です」

なぜかガブリエルも深々と頷《うなず》く。そこは同意するべき点ではないのに。

「いや、私もフランセットには何か才能があると思っていたんだ」

「お父様、本当に？」

「嘘《うそ》は言わない。お前は幼い頃《ころ》から小さな発見をしていただろう？　執事《しつじ》が腰《こし》を悪くしているときだったり、アデルが無理をしているときだったり、招いた客が腹痛を起こしているときだったり。誰もが気づかなかった視点を持っているというのは、大きな武器になると思っていたんだ」

父の関心は姉にのみあるものだと思っていたが——違った。口にしなかっただけで、きちんと私を見ていてくれたのだ。

「お前の活躍《かつやく》が、誇《ほこ》らしいよ」

こんなふうに褒めてもらったのは初めてである。いくらしょうもない父親だと思っていても、嬉しいものなのだなと思ってしまった。

帰《かえ》り際、父はガブリエルの手を握《にぎ》りつつ、真剣《しんけん》な眼差《まなざ》しで言葉をかける。

「ガブリエル君、フランセットを見初《みそ》めてくれて、本当にありがとう。君にならば、安心して娘を送り出すことができるよ」

「そのようにおっしゃっていただいて、光栄です」

「それと、フランセットを助けてくれて、ありがとう」

「いえ、助けていただいたのは、私のほうです。毎日、彼女《かのじょ》の存在に救われています」

ガブリエルと父は固い握手《あくしゅ》を交《か》わし、別れることとなった。

下町を歩きながら、ガブリエルと話す。

「結婚前に、メルクール公爵と話すことができてよかったです。前回お目にかかったときは、なんというか、物騒《ぶっそう》な場所でしたから」

愛人と逃避行していた父は、娼館《しょうかん》の警備員として働いていたのだ。そこで、ガブリエルは私の父とは知らずに、倒《たお》してしまったというわけである。

「正直、あの日のことを責められたらどうしようかと考えていたのですが」

「父は細かいことは気にしない人だから、大丈夫《だいじょうぶ》よ」

「ええ、安心しました」

父がやらかしたことに関して、正直今でも許していない。けれども今日話してみて、父に対する意識も少し変わったので、訪問してよかったと思った。


宿に戻ると、驚《おどろ》きの人物が私達《たち》を待っていた。

金色の髪《かみ》に、青い瞳《ひとみ》を持つ、物語の王子様のような美丈夫《びじょうふ》――アクセル殿下《でんか》だ。

義母と共に私達の帰りを待っていたらしい。

「あなた達、アクセル殿下がいらっしゃっているわ」

「ど、どうも」

「ご無沙汰しております」

義母は楽しいひとときを過ごしたのだろう。上機嫌《じょうきげん》というのが表情だけで伝わってくる。

「ふたり共、息災そうで何よりだ」

「アクセル殿下もご機嫌《きげん》うるわしいようで」

「お会いできて光栄です」

アクセル殿下を囲み、お茶を飲む。突然すぎて、茶葉の味もわかったものではない。

ガブリエルがずばりと問いかける。

「私達を訪ねるなんて、どうかなさったのですか？」

「友らを訪ねるのに、理由なんているのか?」

アクセル殿下は友達と言うのと同時に、ガブリエルと私、プルルンを見つめる。

まさか友達認定《にんてい》を受けていたなんて初耳だった。ガブリエルも想定外の言葉だったようで、目を丸くしている。

「以前、スプリヌ地方に遊びに行ったさい、カエル釣《づ》りをしたり、菓子をふるまってもらったり、と楽しい思いをさせてもらった。迷惑でなければ、再訪したい」

アクセル殿下のありがたい言葉に、ガブリエルより先に義母が言葉を返す。

「もちろんですわ。スライム大公家はアクセル殿下の別荘《べっそう》のように、自由に行き来してくださいな」

ガブリエルと私も、義母の言葉にこくこく頷く。

「ありがとう」

珍しく、アクセル殿下は微笑《ほほえ》みかけてくれたのだった。

義母が夕食でもご一緒《いっしょ》に、と誘《さそ》うものだからガブリエルと一緒にギョッとしてしまう。けれどもアクセル殿下はご多忙《たぼう》のようで、「またの機会を楽しみにしている」と言って帰っていったのだ。

「残念ですわ」

一方で、私達はホッと胸をなで下ろす。というのも、今晩はある計画を立てていたのだ。

それは——義母とモリエール夫人の再会である。

長年、姉妹《しまい》は音信不通であった。それを、今日という機会を作って、解消していただこうとガブリエルと考えていたのだ。

それは義母だけでなく、モリエール夫人も知らない。ただ単に、王都に遊びに来たから一緒に食事でもしないか、とだけ伝えてある。

このサプライズが成功するかはわからない。ただ、アクセル殿下のおかげで、義母はこれ以上なくご機嫌であった。このままの調子で、スムーズにモリエールと仲直りしてほしい。

夕食の時間になり、食堂へと移動する。この宿も食事は個室なので、他人の目を気にせずにゆっくり楽しめるのだ。

「こういうところに来るのも本当に久しぶり。王都はあまり好きではないけれど、たまにはいいですね」

王都を徹底的に否定してきた義母であったが、比較的《ひかくてき》あっさりと受け入れつつある。宿や喫茶店を吟味《ぎんみ》した甲斐があったものだ。

席についてから五分と経《た》たずに、モリエール夫人がやってきた。

「ガブちゃん、フランセットさん、お久しぶり――」

「あなた、ジュリエッタですの⁉」

義母は勢いよく立ち上がり、モリエール夫人を凝視している。彼女が王都に嫁《とつ》いでからというもの、もう何十年と会っていなかったはずだが、すぐにわかったようだ。

「お、お姉様がなぜ、こちらに？」

明ける。

「それは私の台詞《せりふ》です！」

すぐに義母は事情を察したのか、私達のほうをぎろりと睨《にら》んだ。

私はとっさに視線を逸らしてしまったが、ガブリエルはまっすぐ見つめたまま、事情を打ち明ける。

「いい加減、仲直りしてほしいと思いまして」

「別に、喧嘩《けんか》なんてしていないのに」

「叔母《おば》上が結婚してから、一度も会わないどころか、連絡を取り合わないというのは喧嘩以外の何があるというのですか」

双方《そうほう》、ぐうの音も出ないほどの正論だったらしい。

ひとまず、モリエール夫人に椅子《いす》を勧《すす》める。今すぐ逃げ出したい、という表情を浮かべていたものの、座《すわ》ってくれたのでホッと胸をなで下ろす。

シーンと静まり返っていたものの、ガブリエルが話を強引《ごういん》に進める。

「まず、母上はなぜ、叔母上に連絡しなかったのですか？」

「なぜって、結婚したら他人でしょう？」

「だったら、息子《むすこ》である私も結婚したら他人になるのですか？　違いますよね？」

「それは、そうですけれど……」

義母は唇《くちびる》をきつく噛《か》みしめ、苦しげな様子で眉間《みけん》にぎゅっと皺《しわ》を寄せていた。

「母上、意地を張らずに、仲直りして楽になったほうがいいですよ。叔母上も」

おそらく、姉妹関係はこじれてしまい、自分達ではどう修復していいものかわからなくなっているのだろう。

お節介《せっかい》だと思いつつも、一言物申す。

「お義母様、モリエール夫人、私にも姉がいるのですが、喧嘩すると、とても辛い気持ちになっていました」

私が悪くても折れてくれるのは姉で、そのおかげで喧嘩は長引かなかったのだ。

そんな優しい姉と、一生仲違《なかたが》いしたままでいるというのは、あまりにも辛すぎる。

「世界でふたりしかいない姉妹なんです。どうか、仲良くしてください」

私の訴《うった》えを聞いた義母は、盛大《せいだい》なため息を吐《つ》く。そして、消え入りそうな声で、謝罪の言葉を口にした。

「ジュリエッタ、ごめんなさい」

「え⁉」

「私はずっと、あなたが妬《ねた》ましかったのです」

明るく、誰からも好かれ、愛される。そんな妹に、義母は嫉妬《しっと》していたらしい。

「私が持っていないものを全部持っていて、故郷を捨ててまで結婚して、誰よりも幸せになった。そんなあなたが羨《うらや》ましくて、憎《にく》みたくなるような気持ちになっていたんだと思います」

「そんな……。何もかも持っているのは、お姉様のほうです。頭がよくて、両親の期待にも応えることができて、誰からも頼《たよ》りにしてもらえる。そんな優秀《ゆうしゅう》なお姉様は自慢《じまん》だったけれど、同時に、何もできない自らを惨《みじ》めに思うことが何度もあったわ」

……つまり、義母とモリエール夫人はお互《たが》いに持っていないものを羨ましく思うあまり、仲違いをしていた、ということになるのか。

「天使のように可憐《かれん》だと言われたジュリエッタみたいになりたいと、私が何度思ったか、あなたは知っていますの？」

「私こそ、聡明《そうめい》で美しいお姉様みたいに生まれたら、どれだけ幸せだったかと、星の数ほど考えていました」

話をしているうちに、義母とモリエール夫人は涙を流し始める。

「あなたのことなんて、物心ついたときから大好きでした！」

「私のほうが、お姉様のことを愛していましてよ！」

長年押《お》し隠《かく》していた感情が爆発《ばくはつ》しているようだ。言い合いはどんどん加速していく。

「結婚したら、私のことなんて気にする余裕《よゆう》なんてないから、わざわざ連絡しなかったのです！」

「私は、お姉様がもう興味なんてないと思って、連絡できませんでした！」

ガブリエルと顔を見合わせ、肩《かた》を竦《すく》める。姉妹関係は深刻なものだと思っていたが、とんでもなく些細《ささい》な問題が何倍にも膨《ふく》らんだ結果、音信不通になっていただけだったようだ。

「ジュリエッタ、本当に、ごめんなさい」

「私のほうこそ、悪かったと思っています」

最後に、義母とモリエール夫人は抱《だ》きしめ合い、仲直りとなった。
ガブリエルはやれやれといった様子で、ウエイターに食事の用意を始めるように頼《たの》む。
義母とモリエール夫人のやりとりを見守りつつも、お腹《なか》が鳴らないか心配だったのだ。
その日の夕食は、大いに盛り上がる。
義母とモリエール夫人の関係は修復できたし、言うことはない。

ついに魔物大公の会議の、二日開催されるうちの一日目が始まるという。

ガブリエルはスプリヌ地方から運んできたボンボニエールの検品を、真剣な様子でしていた。私も隣《となり》で手伝う。

「不思議ですね。魔物大公の会議が楽しみなんて、生まれて初めてです」

「ボンボニエールのおかげかしら？」

「それもあるのですが、フランが王都にいるので、年甲斐《としがい》もなくワクワクしているのかもしれません」

一緒に行っても、何もできないから同行する理由なんてあるのか。なんて思うときもあった。けれども、こうしてガブリエルが楽しそうにしている様子を見ていると、ついてきて正解だったのだと思う。

「帰りが遅《おそ》くなるかもしれませんので、先に休んでいてくださいね」

「ええ、わかったわ」

魔物大公の会議が終わったあとは晩餐会《ばんさんかい》があり、そのあとは酒を飲み明かすという。解散が朝方になったときもあったようだ。

「フランは今日、何をするのですか？」

「ソリンの菓子店《かしてん》を手伝うの。明後日がボンボニエールの発売日でしょう？　お店のお菓子《かし》をたくさん作り置きしておくのですって」

猫《ねこ》の手よりも役に立たないかもしれないが、いつもお世話になっている菓子店の力になれたらいいなと思っている。

「では、お店の前まで一緒に馬車で行きましょうか？」

「ええ、ありがとう」

ちなみに義母は、モリエール邸《てい》を訪ねるらしい。話したいことが山ほどあるらしく、一泊《ぱく》してくるという。夜通し話すつもりなのだろう。仲直りできてよかった、と心から思う。

何も起きないとは思うが、若干《じゃっかん》心配でもあるので、リコとココに同行するように頼んでいる。

「フランはプルルンを連れていってくださいね」

「いいの？」

「もちろん。他のスライム達も連れたいのであれば、今、ここで喚《よ》びますが？」

「いいえ、大丈夫」

プルルンは私のシンプルなワンピースの、腰に結ばれたリボンに擬態《ぎたい》する。

『きょうはー、フラといっしょ！』

「ええ、よろしくね」

これでよし、と思っていたが、ガブリエルが革袋《かわぶくろ》に入った何かを差し出してきた。

「フラン、念のために、こちらを持ち歩いていてください」

「何かしら？」

革袋の中には、草を丸めたような玉がいくつか入っていた。

「これはスプリヌ地方に自生する、けむり茸《だけ》を使って作った煙玉《えんだま》です」

魔法《まほう》がかかっており、地面に投げるとその衝撃《しょうげき》で煙《けむり》を発するのだという。

「投げた者に悪意を抱いていると、涙《なみだ》が止まらなくなるんです」

「何かあったときの、足止めに使えるというわけね」

「ええ」

いつ、どんな事件に巻き込まれるかわからないので、ありがたくいただいておく。

ガブリエルに菓子店まで送ってもらい、しばしの別れとなる。お店の前にソリンがいて、私の到着《とうちゃく》を待っていたようだ。

彼女と一緒に、去りゆくガブリエルの馬車へ手を振る。

「フランセット、今日、本当によかったの？」

「ええ。彼は今日、会議なの」

「てっきり、新婚《しんこん》旅行で来ているのかと思っていたわ」

「まだ結婚していないから」

「そうだったわね」

今日、菓子店は定休日。お店の裏ではお菓子が大量生産される予定だという。

「フランセット、今日は頑張るわよ」

「ええ、もちろん」

そんなわけで、私も菓子店の戦力としてお菓子作りに参加することとなった。

プルルンもお菓子作りを手伝うことができるものの、事情を知らない菓子職人達を驚かせては悪い。そのため、リボンに擬態したままでいるようお願いしておく。

午前中は調理に使ったボウルやヘラをひたすら洗い、午後は卵を割ったり、小麦粉の分量を量ったりと、あれやこれやと作業をこなす。

厨房《ちゅうぼう》は一日中甘《あま》い匂《にお》いに包まれ、自分までもお菓子になったかのように錯覚《さっかく》してしまう。

夕方には粗熱《あらねつ》を取ったクッキーを瓶《びん》に詰めたり、チョコレートを銀紙に包んだり、商品を店頭に並べたりと、お菓子作り以外の作業を行った。

夜を知らせる時計塔の鐘《かね》が鳴るのと同時に、勤務終了《しゅうりょう》を言い渡された。

「フランセット、本当に助かったわ」

「お役に立てていたのならば何よりよ」

いつもの恩返しのつもりだったが、封筒《ふうとう》に入った給料が差し出される。

「これ、オーナーから」

「こんなに、いいのかしら？」

「いいのよ。今日一日、働きに対する評価なんだから」

「それもそうね。ソリン、今日、このあと暇《ひま》？」

「うん。フランセットは？」

「予定はないの。だから、一緒に食事でもどう？」

「もちろん！」

ソリンオススメの居酒屋《パブ》を案内してくれるらしい。

「公爵令嬢《こうしやくれいじよう》をご案内するようなお店じゃないけれど、本気で大丈夫？」

「ええ、問題ないわ。これでも、下町で暮らしていたころは、カビたパンを食べようか食べまいか悩んだことがあるのよ」

「もしかして、カビたパンを食べたの？」

「食べていないわ。危険だもの」

カビの部分を取り除いたら食べても大丈夫、なんて下町の人達は話していた。けれども実家にいた頃に読んだ食品衛生について書かれた本によると、カビたパンには目に見えない胞子《ほうし》が広がっていて、お腹を壊《こわ》してしまうのだ。中には焼いたら平気、なんて言う人もいたが、カビの毒素は加熱しても死滅《しめつ》しない。大変しぶとい存在なのだ。

「頭の中にある知識では危険だとわかりつつも、お腹が空《す》いていたらどうでもよくなってしまうのよね」

「フランセット、あなたがそんなに生活に困っていたなんて、知らなかったわ」

「お父様は無職だったし、ほとんど家に帰らなかったものだから、自分で収入を得るしかなかったの」

「もっと食事に誘っていたらよかったわ。細すぎるって、思っていたけれど、カビたパンを食べるかどうか悩むほどの暮らしだったなんて」

なんでも食べられると主張するつもりで言った話だったが、ソリンに後悔《こうかい》させてしまう結果となった。そんなつもりではなかったのだが。

「ソリン、大丈夫。私は今、朝、昼、晩とおいしい料理を食べているから。それよりもお腹が空いたわ。お店に行きましょう」

「ええ、そうね」

先導して歩いていたソリンだったが、突然《とつぜん》歩みを止める。

「ソリン、どうかしたの？」

「いや、今日、フランセットは侍女《じじょ》とか連れていないのに、勝手に連れ回していいのかな、と思って」

「私はひとりじゃないの」

リボンに擬態したプルルンを呼ぶと、手のひらにちょこんと跳《と》び乗った。

突然現れたスライムに、ソリンはギョッとする。

「ス、スライム⁉」

「ええ。ガブリエルと契約《けいやく》している子よ」

『プルルンだよお』

「ソ、ソリンよ」

プルルンが差し出した触手《しょくしゅ》状の手を、ソリンは苦笑いしつつ握り返す。

「スライムと握手したの、初めてだわ」

「かわいいでしょう?」

「たしかに、よく見るとかわいいわ」

プルルンは褒《ほ》められて嬉しかったのか、手をぶんぶん振《ふ》って小躍《こおど》りしていた。

「そんなわけで、プルルンがいるから大丈夫よ」

「安心してお店に案内できるわ」

ソリンが連れていってくれたのは、赤レンガに蔦《つた》が絡《から》んだお店。店内は薬草のいい香りがふんわり漂《ただよ》っている。

「ここ、薬草を使ったお酒や料理が食べられるお店なの」

お客さんのほとんどが女性である。ソリンが長年通っている、お気に入りのお店らしい。

「薬草を使ったお酒って、飲んだことないわ」

「最初はまずいって思ったんだけれど、飲んでいるうちに癖《くせ》になるのよ」

「へえ、そうなの」

メニューを見てみると、さまざまな薬草酒があった。

「セージは喉《のど》の痛みや腫《は》れに、ローズゼラニウムは疲労《ひろう》感の回復、ミントは解熱《げねつ》作用があって、レモングラスは食欲増進効果があるの。その日の体調によって、飲むお酒を変えているのよ」

調子が悪い日は休むのが一番だが、ここならば罪悪感もなくお酒を楽しめるのだという。

「ここでお酒を飲んだら、翌日、調子がいいの——というのは建前で、楽しくお酒を飲んで、おいしい料理を食べたら、悩みとか不安なことも吹《ふ》き飛ぶのよね」

「それが一番の薬だわ」

「そうなのよ。もちろん、飲み過ぎには注意しなければいけないけれど」

食事のメニューも豊富にある。

「ねえ、フランセット。何か気になることはある？」

「そうね……むくみ、かしら」

スプリヌ地方と気温や湿度《しつど》が異なるからか、朝起きたときから顔がむくんでいたのだ。明日は夜会もあるので、それまでにどうにかしたいと考えている。

「むくみには、二枚貝とハトムギの炒《いた》め煮《に》がいいそうよ」

ハトムギには体内にある余分な熱を取り除き、むくみを解消する効果があるようだ。

「さらに、ハトムギには美肌《びはだ》効果があるのよ！」

夜会の化粧《けしょう》ノリが心配だったが、ハトムギが解決してくれそうだ。迷うことなく、二枚貝とハトムギの炒め煮を注文する。

「フランセット、お酒はどうするの？」

「できれば、飲みやすいのがいいと思うんだけれど、何かオススメある？」

「カモミールのお酒はどう？　リンゴに似たいい匂いがするんだけれど」

追加で蜂蜜《はちみつ》や果物のシロップを入れて飲むことができるらしい。

「私のオススメは蜂蜜レモン入りのカモミール酒よ」

「だったらそれにするわ」

普段《ふだん》からカモミールティーを飲んでいるので、問題ないだろう。

ちなみに、カモミールは肌の調子を整えてくれるらしい。私向きのお酒であるわけだ。

ソリンは日替《ひが》わりスープとローズヒップのお酒を注文していた。

「あの、プルルンの分も頼めるかしら？」

テーブルの端《はし》で大人しくしていたプルルンの瞳が、きらりと光る。

「この子、お酒もいけるの？」

「いけないいから、蜂蜜水とか頼めるかしら？」

「言ってみるわ」

ソリンが常連だったからか、快く用意してくれた。スライム用だと言ったら、鍋《なべ》いっぱいに作って運ばれる。

プルルンは鍋の中に飛び込み、ごくごくとおいしそうに飲んでいた。

パンは時間によっては焼きたてが出てくる。運ばれたパンからは、ほかほかと湯気があがっていた。

「おいしそう」

「このハーブバターを塗《ぬ》って食べると、絶品なのよ」

言われたとおり、ソリンオススメのハーブバターを塗って食べてみる。パンの熱でバターがじゅわーっと溶《と》け、薬草が豊かに香る。パンの皮はパリパリで、中はモチモチ。とてもおいしいパンだ。

続けて薬草酒が運ばれてくる。私が頼んだのはグラスの底にカモミールが沈《しず》んでいるという、なんともかわいらしいものであった。

ソリンが頼んだのはジョッキと呼ばれる大型のグラスだった。おそらく彼女はお酒に強いタイプなのだろう。

カモミール酒はすっきりしていて、とてもおいしい。普段、お茶として飲むよりも、香りが濃《こ》いような気がした。料理はどれもおいしく、お酒が進む。

「それにしても、フランセットが婚約《こんやく》だなんて、驚いたわ」

「どうして？」

「だって、アクセル殿下が後見人になるのを断ってまで、下町で暮らす決意を固めていたものだから」

お菓子の委託販売《いたくはんばい》をしていた時代は、何がなんでもひとりで生きてやる、という気概《きがい》をこれでもかと発していたらしい。

「あなたがお店に出入りしているところを見て、紹介《しょうかい》してくれって言うお客さんも何人かいたのよ」

「そ、そうだったの？　知らなかったわ」

「しつこい人には、あの子はアクセル殿下が後見人に名乗り出るような、高貴な娘《むすめ》なのよ！

って言ってやったわ」

「まさか、アクセル殿下のお名前をそんなことに使っていたなんて」

「だって、仕方がないでしょう？　ひとりで頑張《がんば》る決意を固めている人に、結婚《けっこん》したら生活が楽になるわ、なんて言えないから」

「ソリン……ありがとう」

あのとき、私は誰にも邪魔《じゃま》されなかった。皆《みな》、不器用に生きようともがく私を、見守ってくれたのだ。

誰かが差し伸《の》べた手を握っていたら、私はガブリエルの婚約者ですらなかっただろう。

「まあ、ひとりで生きると決意していたのに、なんだかんだといろいろあって、結局はガブリエルの助けの手を取ることになったんだけれど」

「いや、あなたの場合は仕方がなかったのよ。父親が不貞を働いた挙げ句、娘を置いて逃《に》げるなんて、とんでもないことだわ。災害みたいなもんよ」

しっかり言い終えたあと、ソリンが口を手で覆《おお》う。

「ごめんなさい。あなたのお父さんを悪く言ってしまって」

「事実だから大丈夫。それに、今でも許していないから」

「お父さんのところに行くって言っていたから、てっきり和解したものだと思っていたわ」

「犯《おか》した罪は、たとえ家族であっても許してはいけないのよ」

「そのとおりだわ」

そろそろ宿に戻《もど》ったほうがいいだろう。楽しい時間だが、お開きとする。

「フランセット、今日は楽しかったわ」

「私も」

『プルルンも、たのしかったー！』

無邪気《むじゃき》なプルルンを、ぎゅっと抱きしめる。

「フランセット、また王都に遊びにきたときは、一緒に食事にでも行きましょう」

「ええ」

「今度は常連さんも一緒に。あなた達のなれそめを聞きたいわ」

「彼《かれ》、シャイな人なの。話してくれるかしら？」

「任せて。そういうの、得意なの」

次に彼女とお酒を飲む日が、楽しみになってしまった。

お店は飲食だけでなく、薬草のシロップやお茶が売っていた。

「私は二日酔《ふつかよ》い対策に、ペパーミントティーを買っていくの」

ペパーミントの薬効は、胃のむかつきや吐き気《け》を抑《おさ》えるものだという。二日酔いにぴったりな薬草なのだ。

私も念のため買っておこうと思ったのだが、試飲させてもらったら味わいに癖を感じてしまう。店員さんが他の茶葉と混ぜたブレンドティーを勧めてくれたので、そちらを購入《こうにゅう》した。

「お土産《みやげ》も買ったから、そろそろお開きにしましょうか」

「そうね」

プルルンは触手で作った手を高く掲《かか》げ『おあいそ！』と叫《さけ》ぶ。

今日貰《もら》った給料から支払《しはら》おうとしたのだが、プルルンが口から銀貨を吐き出す。それで支払ってくれた。

『ここは、プルルンの、おごりだよお』

「な、なんてできるスライムなの!?　フランセット、この子、いい子ね！」

「そうね」

なんでもガブリエルからお金を預かってきていたらしい。

『せいかくにいうと、ガブリエルのおごり、だよー』

「フランセット、スライム大公によろしく伝えておいて」

「ええ、わかったわ」

ソリンと別れ、宿に戻る。ガブリエルの部屋から光は漏《も》れていない。事前に話していたとおり、まだ帰っていないようだ。

『ガブリエル、たぶん、よなかだよお』

「みたいね。先に休んでおきましょう」

お酒を飲んでしまったので、軽くお湯を浴びる程度でお風呂《ふろ》を済ませ、布団《ふとん》に潜《もぐ》り込《こ》む。

プルルンと一緒に、ぐっすり眠《ねむ》ったのだった。

翌日――ガブリエルはきちんと戻ってこられたか心配になって、部屋を訪問する。扉《とびら》を叩《たた》きつつ、声をかけた。

「ガブリエル、ねえ、戻ってる？」

返事はない。扉に耳を当てても、物音ひとつしなかった。

「もしかして、まだお酒を飲んでいるのかしら？」

『ガブリエル、いるよお』

プルルンには中にいるガブリエルの気配がわかるらしい。

『かぎ、あける？』

「どうしましょう」

眠っているだけだったらいいが、中で倒れていたら大変だ。プルルンに頼んで、鍵《かぎ》を開けてもらった。

鍵に擬態したプルルンは、あっという間にガブリエルの部屋を解錠《かいじょう》する。

扉を開くと、ガブリエルが倒れていたのでぎょっとした。

「ねえ、どうしたの⁉」

頬《ほお》に手を当てると、ひやりと冷たい。

「ガブリエル、ねえ、ガブリエル！」

声をかけると、「ううう」と唸《うな》り声をあげる。しゃがみ込んで顔を覗き込むと、涙目《なみだめ》で私を見ていた。

「ガブリエル、どこか悪いの？」

「いえ……単なる、二日酔い、です。放っておいたら、治るでしょう」

「床《ゆか》で眠るよりも、寝台《しんだい》に横になったほうが体は休まるわよ」

「ええ……。もう少し、このままで……」

ガブリエルは眼鏡をかけておらず、どこかで落としてきたのでは？　と思ったものの、手にしっかり握っていた。ゆっくり引き抜《ぬ》くと、テーブルの上に置いておく。

眼鏡をかけていない姿は貴重である。覗《のぞ》き込んでじっくり眺《なが》めると、睫《まつげ》がとても長くて羨ましいと思ってしまった。

『ガブリエル、おさけくさーい』

「死ぬほど、飲んだんです」

帰ってきたのは朝方だという。ふらふらな状態で宿に戻り、寝台に行き着く前に意識が途切《とぎ》れてしまったようだ。

「お水飲む？」

「いえ、何か口にいれたら、吐いてしまいそうで」

ガブリエルの顔色は真っ青で、唇は紫色《むらさきいろ》である。まるで干《ひ》からびたスライムのようだった。

「魔物大公のお酒の席って、毎回こうなの？」

「昨晩は、私の婚約祝いの席でして、いつも以上にたくさん飲んでしまいました」

無理矢理《むりやり》飲まされたわけでなく、婚約を祝福されているうちにガブリエルも嬉《うれ》しくなって、どんどん飲んでしまったらしい。自業自得《じごうじとく》というわけだ。

「薬を飲んだほうがいいけれど……。そうだわ。昨日、二日酔いに効く薬草茶を買ってきたの。飲んだら楽になるはずよ」

「あ、ありがとうございます」

起き上がれる状態まで回復したようで、窓際《まどぎわ》に置かれた椅子にどっかりと座っていた。

ガブリエルは普段は何をするにも優雅《ゆうが》だが、今日ばかりは体が言うことを聞かないのかもしれない。

朝日が差し込んで眩《まぶ》しそうにするガブリエルは、どこか物憂《ものう》げで、彼の美貌《びぼう》を際立《きわだ》たせているような気がする。

まるで森の奥地《おくち》に棲《す》むエルフ族のような美しさだと思ってしまった。

『フラー、おゆ、わかす』

「え、ええ、そうね」

部屋には魔石《ませき》で水を沸騰《ふっとう》させるポットがあり、一瞬《いっしゅん》で湯が沸《わ》く。プルルンは使ったことがあるのか、器用に水を注ぎ、ポットを起動させていた。

ペパーミントが入ったブレンドティーを飲んだガブリエルは、ホッと安堵《あんど》するような吐息《といき》をもらす。飲んでいるうちに、吐き気も治まってきたという。

「明日も会議があるんでしょう？」

「そうなんです」

さすがに、二日目はお酒を飲まないという。話し合いが終わり次第《しだい》解散になるようだ。

「それはそうと、ボンボニエール、魔物大公の皆に、喜んでいただけました」

「本当⁉　嬉しいわ。本当によかった」

新聞社の記者も興味津々《きょうみしんしん》のようで、普段よりも多く質問を受けたらしい。

「明日の朝刊で、ボンボニエールについて報道されるようです」

「楽しみにしているわ」

さっそく、セイレーン大公からボンボニエールを注文したい、と声がかかったようだ。

「しばらくは限定販売《はんばい》で、注文は受け付けていないって言ったら、残念そうにしていましたよ」

「申し訳ないわ」

将来的に安定して供給できるよう、しばらくはスプリヌ地方でのみ販売する予定なのだ。

「職人達には、もうしばらく頑張っていただかないといけないようね」

「ええ」

薬草茶の効果がでたのか、ガブリエルの顔色はずっとよくなったようだ。だが、まだまだ睡《すい》眠《みん》時間は足りないだろう。

「眠る前に、何かお腹に入れておいたほうがいいけれど。果物は食べられる？」

「オレンジ一切れくらいなら、食べられるかもしれません」

一切れって、コルセットを締《し》めた貴婦人ではあるまいし……と思いつつも、二日酔いなので無理して食べないほうがいいだろう。

「剥《む》いてあげるわ」

「何から何まで……ありがとうございます」

ナイフでオレンジを剥き、薄皮《うすかわ》を剥いてからガブリエルの口元へと運ぶ。

唇にオレンジを押しつけてからハッとなる。直接自分の手で食べさせるつもりなんてなかったのに、無意識のうちにしてしまった。

ガブリエルも驚いたのだろう。目を丸くしていた。

このまま引っ込めるわけにもいかず、羞恥心《しゅうちしん》を押し殺しながら、早く食べるように目で訴える。すると、ガブリエルはオレンジを食べてくれた。

「これは……甘い、ですね」

「よかった。まだ食べられる？」

「ええ」

丁寧《ていねい》に薄皮を剥く中、この流れであれば、二切れ目も食べさせるべきなのか、と考《かんが》え込んでしまう。

もういい、どうにでもなれ。そんな思いで、二切れ目をガブリエルの口元へ運ぶ。

「はい、ガブリエル、あ～ん」

今度は素直《すなお》に口にしたので、ホッと胸をなで下ろす。

食べてみたら意外と食が進んだからか、オレンジはすべて食べてくれた。

「薄皮まで丁寧に剥いてもらったのは初めてでした」

「あら、そうだったの？　私は乳母《うば》がいつも剥いてくれたから、こう食べるものだとばかり」

「私の乳母は、問答無用に薄皮ごと食べさせていましたね」

「でもまあ、果物の皮には栄養があるから、幼少期はそれで正解だったのかもしれないわ」

思いがけず、ガブリエルの幼少期の頃《ころ》の話を聞けた。まだまだ話したかったが、そろそろ眠ったほうがいいだろう。夕方から夜会の準備もしなければならないし。

だいぶ顔色もよくなってきていた。頬に赤みも戻ってきている。

ガブリエルの頬にそっと触《ふ》れると、熱が戻ってきていた。

「よかっ――――」

目がバチッと合い、羞恥心がこみ上げてくる。断りもなしに触れてしまった。

「ご、ごめんなさい。さっき部屋に入ってきたとき、頬が冷たかったから、心配で」

「いえ、構いません。むしろどんどん触れてほしいです」

「え？」

「いや、あの、本心です」

最後は消え入りそうな声だった。

「よかった。勝手に触れられるの、苦手だと思っていたから」

「フランに限定しますが」

ガブリエルの言葉を受け、プルルンが彼にベタベタと触《さわ》っていたのだが、触手の手を掴《つか》まれ、ぽいっと投げられていた。

『ガブリエル、プルルンとは、ふれあえないー』

「あなたは私が嫌《いや》がる様子を楽しんでいるだけでしょう？」

『うん、そう！』

曇《くも》りのない目で答えるプルルンを前に、ガブリエルは盛大なため息を吐いていた。

「長居をしてしまってごめんなさい。夕方まで、ゆっくり休んだほうがいいわ」

「そうします」

「昼食は、何かさっぱりした料理を運ぶように頼んでおくわね」

「ええ、ありがとうございます」

ガブリエルと別れ、部屋に戻る。

「あら、フランセットさんじゃない」

「お義母様、今お帰りだったのですか？」

「ええ」

昨晩は一晩中モリエール夫人とお喋《しゃべ》りしていたようで、これから仮眠《かみん》を取るという。

「今晩は大丈夫《だいじょうぶ》そうですか？」

「ええ、夜会にはしっかり参加します」

義母に同行したリコとココも、ゆっくり休むように言っておく。

「今日の夕方まで、自由に過ごしていいから」

お小遣《こづか》いも握《にぎ》らせる。ふたりとも驚《おどろ》いているようだったが、普段、頑張っているご褒美《ほうび》だ。

「ニコの分もあげるから、お土産を買いに行ってあげて」

「はい！」

「承知しました」

リコとココを見送ったあと、私はどうしようかと考える。夕方まで時間があるので、ガブリエルのポケットチーフに刺繍《ししゅう》でも入れてみよう。

何を入れるか迷ったが、家紋《かもん》などの複雑な意匠《いしょう》を刺《さ》す時間なんてないので、名前のイニシャルを入れてみることにした。

『フラー、何をするの？』

「刺繍よ。ガブリエルの名前を刺すの」

ポケットチーフは染《し》み一つない純白の物が好まれる。そのため刺繍も、見えないであろう場所に刺すのだ。

『フラ、ぬうの、じょうず！』

「でしょう？　刺繍だけは、お姉様よりも上手《うま》いって先生に褒められていたのよ」

下町で暮らし始めたときも、刺繍をして売りに行っていた。けれども、家から持ち込んでいた上質の糸やハンカチはすぐになくなってしまう。裁縫《さいほう》店に買いに行ったのだが、糸やハンカチの高さに驚き、何も買えなかったのだ。

「刺繍って、時間がかかるわりに、職人以外の素人《しろうと》が作った物には、そこまで価格が付かないのよね」

まだ、お菓子のほうが効率よく作って売ることができた。

「個人が作る刺繍は、贈《おく》る人へ込めた想《おも》いに価値があるのよね」

『プルルンも、そうおもうよー』

一針一針、ガブリエルに対する想いを込めて刺していく。

三時のおやつの時間には完成した。

「できたわ！」

『やったー！』

プルルンと手と手を取り合って喜んでいたら、扉が控《ひか》えめに叩かれる。私の代わりに、プルルンが返事をした。

『だれだー！』

「私です」

『わたしというのは、だれなんだー！』

「プルルン、ふざけていないで、フランに入っていいか聞いてください」

扉を開けた先にいたのは、ガブリエルだった。

「あら、もう具合は大丈夫なの？」

「おかげさまで、元気を取り戻しました」

お茶を一緒《いっしょ》にどうか、と誘《さそ》われる。そろそろ休憩《きゅうけい》を入れようと思っていたので、よろこんで、と言って部屋に招き入れた。

「紅茶はたった今、淹《い》れてもらいました」

ガブリエルはバスケットを持参していて、中から茶器やポットなどが次々と出てくる。

「今、さくらんぼのタルトが人気だと聞いていたので、買ってきました」

「わざわざあなたが？」

「ええ。宿に頼んだら用意してもらえることは知っていたのですが、フランのために、買いに行きたくて」

「病《や》み上がりなのに、ありがとう。とても嬉しいわ」

できれば安静にしていてほしかったが、私のために何かしようとしてくれた彼の気持ちはとても嬉しい。ありがたくいただくことにした。

先ほどのペパーミントティーとオレンジのお礼なのか、ガブリエルが手ずから紅茶を注ぎ、さくらんぼのタルトも切り分けてくれる。

「さあどうぞ、召《め》し上がれ」

「ええ、いただくわ」

午後から刺繍に集中していたので、何も飲んでいなかった。紅茶を一口飲むと、渇《かわ》きが癒《い》やされていく。

さくらんぼのタルトもいただく。種が抜かれたさくらんぼは、甘酸《あまず》っぱくておいしい。タルト生地《きじ》は底にスライスしたアーモンドが敷《し》かれていて、香《こう》ばしかった。

「ガブリエル、このさくらんぼのタルト、とってもおいしいわ」

「よかったです」

彼のおかげで、とてもすてきな三時のおやつの時間を過ごすことができた。

「そろそろ、夜会の準備をしなければなりませんね」

ガブリエルを見送ろうとしていたのだが、プルルンが私の服の袖《そで》を引いた。そこで、ハッと思い出す。

「あ、そう！　ガブリエル、私、ポケットチーフにあなたのイニシャルを刺したの。よかったら今晩、使ってくれるかしら？」

「フランが、私に？」

「ええ、そう」

包装も何もしていない状態のポケットチーフを、ガブリエルへと差し出す。

「まさか、このような品を用意してくれていたなんて……嬉しいです」

ガブリエルはポケットチーフを受け取ると、私が刺したイニシャルを指先でなぞっていた。

「あの、しっかり触れたり、まじまじ見つめたりしたら、粗《あら》がわかってしまうかもしれないわ」

「粗なんてありません。完璧《かんぺき》な刺繍です。ありがとうございます」

「お気《き》に召していただけたようで、何よりだわ」

「では、またのちほど」

「あとで会いましょう」

ガブリエルが部屋へ戻ったのと入れ替《か》わるように、リコとココがやってきた。

「ふたりとも、ゆっくりできた？」

「おかげさまで、楽しい一日を過ごすことができました！」

「フランセット様、心から感謝します」

初めての王都観光を堪能《たんのう》できたらしい。実に楽しそうに、お買い物や食事をした様子を教えてくれた。

「今度はコンスタンスやニコを連れて、もっとゆっくり予定を立てなきゃいけないわね」

新婚旅行先は王都にして、みんなで楽しむというのもいいのかもしれない。

「そろそろ夜会の準備を、と思いまして」

「よろしいでしょうか？」

「ええ、お願い」

一年ぶりの夜会への参加である。前回の参加は姉アデルがマエル殿下《でんか》より婚約破棄《こんやくはき》された場であった。

王太子の結婚を巡《めぐ》る一連の騒動《そうどう》は仕組まれた事件だったとして、大きく報道された。マエル殿下は廃嫡《はいちゃく》となり、現在は国境警備隊の一員として働いているという。

国王陛下の二番目の王子、アクセル殿下が王位継承《けいしょう》順位の第一位となる王嗣《おうし》として指名された。

王朝始まって以来の王嗣の誕生らしい。

アクセル殿下を王太子と呼ばない理由は、長子ではないからだという。国王ひとり目の直系男子にのみ、王太子という称号《しょうごう》が与《あた》えられているようだ。

それだけ、王太子という立場は特別なものなのだが、マエル殿下は目の前の欲に目が眩《くら》み、自分自身の人生だけでなく、姉の将来まで変えてしまった。

今、姉は隣国《りんごく》の皇太子妃《こうたいしひ》として立派に務めを果たしているのだが、そうでなかったら、マエル殿下に今でも激しい憎《にく》しみを抱《いだ》いていただろう。

マエル殿下の即位《そくい》は心配の声が上がっていたようだが、アクセル殿下であれば問題ないだろう、なんて声も囁《ささや》かれているようだ。

社交界はすっかり平和になった、なんて話を聞いているものの、酷《ひど》く緊張《きんちょう》していた。

姉が婚約破棄された件に関しては濡《ぬ》れ衣《ぎぬ》だったと報じられていたものの、父が起こした人妻を連れ去った件に関しては実刑《じっけい》判決が下っている。父は刑期《けいき》を終えて静かに暮らしているが、たまに嫌がらせを受けるときもあるようだ。

「お父様、この前庭にゴミが投げつけられていたのですって」

「酷いことをする人もいるものですね」

「ええ」

父が起こした事件は、人々の記《き》憶《おく》から薄《うす》れていない。風化するにはまだまだ時間がかかるのだろう。

私は夜会に参加しないほうがいいのではないか、とガブリエルに相談もした。けれども彼は、気にすることはない、と言ってくれたのだ。

不安でしかないが、私が気にするような素振《そぶ》りを見せていたら、相手がつけ込む隙《すき》となってしまう。堂々としていなければならないのだ。

パウダーブルーのイブニングドレスは義母と一緒に生地から選び、オーダーメイドで仕上げた一着である。

胸元《むなもと》は大きく開いているものの、レースを幾重《いくえ》にも重ねているのでそこまで気にならない。スカートはギャザーを寄せて作られており、動くたびにヒラヒラと可憐《かれん》な動きを見せている。背中や前身頃《まえみごろ》にボーンを入れているので、シルエットも美しいのだ。

髪《かみ》は三つ編みにして、クラウンのように巻き付ける。そこに銀でできたスズランの髪飾《かみかざ》りを挿《さ》した。

ダイヤモンドの耳飾《みみかざ》りと胸飾《かざ》りは、一度押収《おうしゅう》されたあと、取り返した私の財産である。

「フランセット様、仕上がりはいかがでしょうか」

リコとココが姿見を持ってきてくれた。鏡の向こうに映る私は、まるで別人のようだった。

「ええ……ありがとう」

問題ないとわかったからか、リコとココはホッとしたような表情を浮《う》かべている。

あっという間に夜会の時間となり、ガブリエルが迎《むか》えにやってきた。

「フラン、今日もとてもきれいです」

「ありがとう」

ガブリエルも燕尾服《えんびふく》がよく似合っていた。胸に差したポケットチーフは、私が贈ったものである。ガブリエルは嬉しそうに胸を押《お》さえつつ、感謝してくれた。

「母はすでに馬車で待っているそうです」

「そう。だったら、早く行きましょう」

「ええ」

ガブリエルが差し出した手に、そっと指先を重ねる。馬車に乗りこみ、久しぶりの夜会に挑《いど》んだのだった。


本日の夜会は国王陛下主催《しゅさい》の、交流を主な目的とする集まりであった。

社交界デビューを終えた貴族令嬢《れいじょう》が多く招待され、結婚相手を探す場にもなっている。

人の多さに圧倒《あっとう》されてしまった。

義母はモリエール夫人と行動を共にするようで、馬車から降りた瞬間《しゅんかん》からいなくなってしまう。私はガブリエルと一緒に会場へと足を踏《ふ》み入れたのだった。

こっそり参加できたらいいのに、入場の際に名前を呼ばれてしまうのだ。そのため、私が参加していると周知されてしまうわけである。

今宵《こよい》も、私の名前は読み上げられてしまった。

「スライム大公、ガブリエル・ド・グリエット様及《およ》び、公爵令嬢、フランセット・ド・ブランシャール様のご入場です」

人々の視線が一気に集まる。まるで、針のむしろの心地をこれでもかと味わう。

皆、私を見て、ヒソヒソと何か話している。姉の婚約破棄や、父親がしでかした罪について話していることは明らかであった。

このままでは、ガブリエルまで悪く言われてしまう。

「ねえ、ガブリエル。私、知り合いに挨拶《あいさつ》に行きたいの。少し、別々に行動しない？」

反応がなかったので、そっとガブリエルを見上げたら、私のほうは見ていなかった。

「ガブリエル？　私の話、聞いていた？」

「ええ、聞いていました。知人に挨拶したいとのことでしたが、この人の多さでは落ち合うことは難しいでしょう。挨拶はまた別の機会にして、今日は私と一緒にいたほうがよさそうです」

「大丈夫。私、人を探すのは得意だから」

「フラン、私といてください」

私を見つめるガブリエルの表情は、珍《めずら》しく頑《かたく》なだった。

彼が自分の意見を押し通そうとするのは初めてである。

もしかして、私が迷子になるとでも思っているのだろうか。

「だったら帰りに、落ち合う場所を決めま――」

提案しかけたのと同時に、私達《たち》の行く手を遮《さえぎ》るかのように佇《たたず》む貴婦人達が現れた。

彼女《かのじょ》達は、かつて姉のライバルだった貴族令嬢である。

私を舐《な》めるように観察したあと、くすくす笑い始めた。

「お姉様は国外追放を受け入れ、さっさといなくなったのに、その妹はまだここに残っていた

のね」

「面の皮が厚いお方なのね。誰《だれ》に似たのかと思っていたけれど、罪人であるお父様似なのかしら？」

「堂々と夜会に参加しているなんて、恥知《はじし》らずもいいところだわ」

カッと顔が熱くなっていくのを感じた。やはり、皆、このように思っているのだ。

今すぐここから逃げ出してしまいたいのに、ガブリエルと腕《うで》を組んでいるので身動きが取れないでいた。

「なんとかおっしゃったらどうなの？」

「では、お言葉に甘《あま》えて言わせていただきますが――」

物申そうとしたのは私ではなく、ガブリエルだった。いったい何を言うつもりなのか。ハラハラしながら、ガブリエルを見つめる。

「こちらが話しかけていないのに、物申すほうが恥知らずなのではないでしょうか？」

ガブリエルの指摘《してき》に、ご令嬢達《れいじょうたち》の表情が凍《こお》り付く。

我《わ》が国《くに》の社交界でのマナーでは、家格が上の者が話しかけない限り、話しかけてはいけないのだ。

ガブリエルはスライム大公で、王族に次ぐ地位を有している。私はメルクール公爵《こうしゃく》の娘なので、家格は比較的《ひかくてき》高いほうだ。

そんな私達に対し話しかけてもいいのは、ガブリエルと同じ魔物《まもの》大公か王族だけなのだ。

先ほどのように、私達に面と向かって悪口を言う行為《こうい》は、自らが礼儀《れいぎ》知らずだと言いふらしているようなものである。

ガブリエルの一言で、ご令嬢達は顔を真っ赤にし、走り去っていく。

「フラン、少しゆっくりできる場所に行きましょう」

「え、ええ」

ガブリエルが誘ってくれたのは、バルコニーであった。見張りがいるため、誰も入ってこられないのである。

会場の中は熱気で蒸《む》し暑《あつ》かったが、外はやわらかな風が吹いていて気持ちいい。

他の人達の悪意にさらされるより、ここにいるほうが何百倍もましだった。

「ガブリエル、ごめんなさい。私のせいで、変なことに巻き込んでしまって」

「どうしてフランが謝《あやま》るのですか？　悪いのは悪意を他人にぶつけるほうだというのに」

「それでも、私と一緒でなければ、あなたが何か言わなければならないような状況《じょうきょう》にならなかったから」

結局、私はガブリエルに守られてしまった。そうならないように、行動を起こそうとしていたのに。

「先ほど、知人に挨拶に行くと言っていたのは、私を巻き込まないためですよね？」

「わかっていたのね」

「当然です。フランはそうやって、ひとりでなんとか解決しようとするところがありますから」

私がやろうとしていたことは、彼にお見通しだったというわけである。

「やっぱり、まだ夜会への参加は早かったみたいだわ」

「そんなことありません。悪意を抱く者達に遠慮《えんりょ》して、本来出るべき場所に出られないのは、おかしなことですから」

「それもそうよね……」

一年前、姉が婚約破棄されたら、周囲の私を見る目は一気に変わってしまった。その変化を今も私は恐《おそ》れているのだろう。

「でも、それだけじゃなくて、あなたまで変な目で見られるのがいやだったのよ」

「私は他人の目なんて気にしないので」

「ガブリエル……ありがとう」

彼の言葉が、胸にじんと沁《し》み入る。これまで私はなんて愚《おろ》かなことを気にしていたのか、と内心反省した。

「人の感情なんて、移ろいやすいものなんです。そんなものを気にしていたら、疲《つか》れるだけですよ」

「ええ。これからはそういうふうに考えるようにするわ」

誰からも好かれるような人、というのはこの世にいないのかもしれない。皆、どこかで折り合いをつけて生きているのだろう。

「私は何が起ころうと、フランの一番の味方でいるつもりですので」

「嬉しい。頼《たよ》りにしているわ」

彼を見習って、心が揺《ゆ》らがないようにしなくてはならないだろう。

「私、あなたの毅《き》然《ぜん》としていて強いところが、とても好きよ」

ガブリエルは私が危機的状況に陥《おちい》ったら、いつでも駆《か》けつけ、颯《さっ》爽《そう》と助けてくれる。私にとっては英《えい》雄《ゆう》的《てき》な存在である。

微《ほほ》笑《え》みかけると、ガブリエルは照れてしまったのか、眼鏡のブリッジを押し上げつつ顔を逸《そ》らす。そろそろ、照れたときに耳まで赤くなっていて、隠《かく》せていないことを教えてあげようか、なんて思ってしまった。

ガブリエルはゴホンゴホンと咳《せき》払《ばら》いしたあと、真面目な顔で私を見つめる。

「フラン、私も、凜《りん》としていて、前向きで明るいあなたのことが好き、です」

その言葉は傷ついた心に温かく沁み入る。

「ガブリエル、ありがとう。とても嬉しい」

「私も、同じ気持ちです」

彼と出会ってよかった、と改めて思ったのだった。

しばしバルコニーで休憩したあと、フロアに戻る。皆、各《おの》々《おの》歓《かん》談《だん》しており、私達のことなんて気にしていなかった。

「ガブリエルは挨拶したい人はいないの？」

「いえ、特に――と言いたいところですが、他の魔物大公にフランを紹介するように言われていたんです」

「見つかるかしら？」

「頑張りましょう」

まず、ガブリエルが発見したのは、真っ赤な法衣《ほうえ》に身を包む、聖祭教会の枢機卿《すうききょう》。

トレント大公であった。

「聖職者が夜会に参加しているのを見たのは、初めてだわ」

「献金《けんきん》集めに打ってつけの場所らしいですよ」

拝金主義者として知られる、トレント大公らしい参加理由であった。

私達に気づいたトレント大公は笑顔《えがお》でやってくる。

「いやはや、スライム大公、昨日ぶり――いやいや、今朝ぶりですな。二日酔いは大丈夫でしたか？」

「まあ、なんとか」

驚いたことに、トレント大公はお酒も嗜《たしな》むらしい。聖職者の多くは禁酒して過ごしているという話を耳にしていたのだが。

「ああ、彼女《かのじょ》がかの、美しき婚約者《こんやくしゃ》ですか」

「ええ、そうなんです！」

ガブリエルが目をギラギラさせながら、トレント大公に紹介《しょうかい》してくれる。

「私の完璧で美しい婚約者である、フランセットです」

「どうも初めまして。メルクール公爵の娘、フランセット・ド・ブランシャールと申します」

私のどこが、〝完璧〟で〝美しい〟のか。我が耳を疑うような紹介の仕方であった。

「フランセット嬢《じょう》は世間で噂《うわさ》になっている、湖水地方のアヒル堂の経営をされているとかで」

「ええ、まあ」

トレント大公はぐっと接近し、ひそひそ声で話しかけてくる。

「正直な話、相当儲《もう》けているのではないのですか？」

いったいなんの話を聞き出したいのか。衆目のある場でするような話ではない。

「事業を継続《けいぞく》して成功させる秘訣《ひけつ》は、神へのご奉仕《ほうし》なんです。どうでしょうか？　儲けの一部を寄付するというのは」

「トレント大公、初対面であるフラン相手にお金の話をするなんて、いい加減にしてください」

「いや、私は神のご加護について話していたのですが」

「最初から最後まで、お金の話でしたよ」

ガブリエルの容赦《ようしゃ》ない指摘に、トレント大公はしょんぼりと落ち込んだ表情を見せている。

「フラン、騙《だま》されてはいけないですからね。こうやって同情を引いて、罪悪感から献金させようっていう魂胆《こんたん》なのですから」

ガブリエルも一度、トレント大公に騙されて寄付したことがあるらしい。

「トレント大公、また明日、お会いしましょう」

「ええ、楽しみにしていますよ。ボンボニエールも、たくさん売れたらいいですね」

ガブリエルに腕を引かれながら、トレント大公と別れる。

続いて会ったのは、絶世の美少年。

金を紡《つむ》いで作ったような美しい髪に、珊瑚《さんご》のような美しい瞳《ひとみ》、すらりと長い手足は間違《まちが》いなく、神に愛されし子——彼はフェンリル大公である。

年頃《としごろ》は十代前半くらい。十三歳《さい》か十四歳くらいだろう。

「へえ、彼女がスライム大公の婚約者なんだ。美しいっていうからどんなもんかと思っていたが、大したことないじゃん」

にっこり微笑みかけてきたかと思えば、この生意気っぷりである。

「失礼ですね！　フランは世界一の美人ですよ！」

「それはあんたの目が曇っているとしか思えないんだけれど」

「失礼ですね!!」

なんと言えばいいのか、ガブリエルの瞳には私が世界一の美人に見えているらしい。感謝の気持ちでいっぱいだが、その意識を他人に広めないでほしいと思った。

フェンリル大公と別れたあと、ハルピュイア大公に挨拶する。

なんとも近寄りがたい、裏社会の親玉という雰囲気《ふんいき》がある強面《こわもて》の持ち主であった。

「私はマルセル・ド・フェゼンディエ・ハルピュイアだ」

ハルピュイア大公は異端審問《いたんしんもん》局の局長で、彼《かれ》の手によって悪事に手を染める多くの者が闇《やみ》に葬《ほうむ》られてきた。

　誰もが恐れるような存在であるものの、ガブリエルはごくごく普《ふ》通《つう》に接していた。

「今度、婚約《こんやく》祝いを贈ってやる」

「ありがとうございます。とても嬉しいです」

「何がいい？　気に食わない者の首でもいいのだが」

　おそらく冗談《じょうだん》なのだろうが、ハルピュイア大公が口にすると冗談には聞こえない。

　ガブリエルは楽しげに笑っていたが、私はまったく笑えなかった。

「今年はオーガ大公もいらっしゃっているのですよ」

　なんでも、二十年ぶりの参加らしい。

「どうしてこれまでいらっしゃらなかったの？」

「オーガ大公の座が空位だったかららしいです」

　なんでも、オーガ大公は領地にある巨大岩《きょだいいわ》を動かせる者に継承《けいしょう》していたらしい。けれども先代の亡《な》きあと、巨大岩を動かせる者はいなかったようだ。

「二十年ぶりに、巨大岩を動かせる者がでてきたそうですよ」

「とんでもない怪力《かいりき》の持ち主が、オーガ大公になるのね」

「ええ、そういうわけです」

　ちょうどオーガ大公について話しているタイミングで、本人を見つけたようだ。

「彼女がオーガ大公です」

ガブリエルが手で示した方向には、女性しかいなかった。

「オーガ大公って女性だったの⁉」

私の声に反応するように、とてつもなく可憐で美しい美少女が振《ふ》り返る。

彼女がオーガ大公のようだ。

年《とし》の頃は十五歳から、十六歳くらいだろうか。

シェルピンクの美しい髪をハーフアップに纏《まと》めており、真珠《しんじゅ》の髪飾りがこれでもかと輝《かがや》いている。

ガブリエルが教えてくれたのだが、あの真珠はオーガ大公の領地にある、森の奥地にある湖でのみ採れるのだとか。

髪飾りでなく、ドレスや靴《くつ》にまで真珠があしらわれていた。

真珠のお姫様《ひめさま》、という言葉がお似合いなご令嬢にしか見えないが、正真正銘《しょうしんしょうめい》、彼女がオーガ大公だという。

領地にある巨大岩を動かした張本人というのは、にわかに信じられない。

「ごきげんよう、スライム大公。お隣《となり》にいらっしゃるのが、噂の婚約者でしょうか？」

「ええ、彼女が婚約者のフランセットです」

「初めまして、私はメルクール公爵の娘《むすめ》、フランセット・ド・ブランシャールです」

「お目にかかれて光栄ですわ」

オーガ大公は私の手をぎゅっと握り、周囲に花びらが舞《ま》っていると錯覚《さっかく》させるような美しい笑《え》みを浮かべる。目が眩みそうなほどきれいな女性《ひと》だ。

「私はエミリー・ド・オーガと申します。よろしかったら、フランセットさんと仲良くしたいです」

「私と？」

「ええ。スプリヌ地方で、王都で大人気の菓子店《かしてん》、湖水地方のアヒル堂を立ち上げた才女だという噂を耳にしていましたの。絶対にお近づきになりたくて、夜会に参加しました」

ここまで他人から好意を向けられることはなかったので、戸惑《とまど》ってしまう。これまで仲良くなりたいと言って皆《みな》が押しかけるのは、姉のほうだったから。

迫力《はくりょく》ある美少女に迫《せま》られ、思わずうろたえてしまった。

「オーガ大公、彼女が困っています」

「あ――ごめんなさい。嬉しくって、マナーを忘れてしまいました」

「いいえ、大丈夫。とても嬉しいわ」

そんな言葉を返すと、オーガ大公はホッとした表情を浮かべていた。

「家族から、王都で湖水地方のアヒル堂のお菓子《かし》を入手するように言われていたんです。けれども不定期販売な上に、販売される日は長蛇《ちょうだ》の列ができて、購入《こうにゅう》できないお方も多いと聞いていたものですから、絶望していたんです」

そんな中でガブリエルが湖水地方のアヒル堂の新作お菓子、ボンボニエールを持ってきた。目にした瞬間、跳《と》び上がるほど喜んでくれたという。

「美しい磁器に入れられたお菓子なんて初めてです。中に入っていた琥珀糖《こはくとう》も宝石のように美しくて、フランセット様は才能の塊《かたまり》に違《ちが》いないと思った次第です」

なんとも大げさな……と思いつつも、褒《ほ》められて悪い気はしない。

「エミリー様、今度、スプリヌ地方にも遊びに来てください。いつでも歓迎《かんげい》しますので」

「絶対に訪問します!!」

最後に握手《あくしゅ》を交《か》わし、彼女と別れることとなった。

「驚いたわ。オーガ大公が妖精《ようせい》みたいに可憐なお方だったなんて」

「ええ。魔物大公の会議に顔を出したときも、皆、びっくりしていましたよ」

まさか彼女にあそこまで関心を持たれていたなんて、思いもしなかった。

「お近づきになりたいなんて、初めて言われたわ」

「当然です。フランは才気に溢《あふ》れた女性ですから」

何事も波風を立てずにやりすごそうとしていた以前の私を思えば、とてつもない変化の中に身を置いているのだろう。

「皆、フランのすばらしさに気づきつつあるんです。以前であれば、私だけが知りうることでしたが」

「そ、そうかしら?」

「ええ、自信を持ってください」

ガブリエルが背中にそっと手を添《そ》えてくれる。それだけで元気が貰《もら》えたような気がするので不思議なものだった。

夜会での用事はこれくらいだろうか。

「今日、挨拶をしたのはトレント大公にフェンリル大公、ハルピュイア大公にオーガ大公。あとは――」

「ドラゴン大公ですね」

王族が出入りする扉《とびら》が開かれ、そこからアクセル殿下が登場する。

会場の注目を一気に集めた彼こそが、王族の中でもっとも実力がある者に贈られる称号、ドラゴン大公の継承者《けいしょうしゃ》であった。

「さすが、アクセル殿下。とてつもない人気だわ」

「剣《けん》の才能とすぐれた能力に長《た》け、正義感も持ち合わせる絶対的な人物ですからね」

遠いお方だ、なんてガブリエルと話していたのだが、なぜかアクセル殿下はこちらに向かって歩いてくる。

「ねえ、ガブリエル。アクセル殿下はこちら方面に用事があるのかしら？」

「貴賓《きひん》がいるのかもしれませんね」

アクセル殿下の動線を邪魔《じゃま》しないよう、ガブリエルと共に端《はし》に避《よ》ける。

目を伏《ふ》せてアクセル殿下が通り過ぎるのを待っていたのだが、どうしてか私達の前で立ち止まった。

「ガブリエルにフランセット嬢。珍しいな、夜会に参加するなんて」

顔を上げると、アクセル殿下が話しかけてきたので驚く。てっきり、私達のいる方向に話したい相手がいるものだと思《おも》い込《こ》んでいたのだ。

いつの間にか、アクセル殿下はガブリエル、と呼び捨てにしていた。お酒の席で、距離《きょり》がぐっと縮まったのだろうか。前回スプリヌ地方にやってきたときよりも、やわらかい雰囲気になっているような気がする。

思いがけず、皆の注目を一身に浴びてしまう。中には私のほうを見て、ヒソヒソと何か話す人の姿も確認《かくにん》してしまった。

どくん、と胸が大きく鼓動《こどう》したものの、負けてはいけない。ガブリエルのためにも、堂々としていなければならないだろう。

緊張もあってかガブリエルと揃《そろ》ってぎこちない態度でいたようで、アクセル殿下に笑われてしまった。

周囲で様子を窺《うかが》っていた人々は、アクセル殿下の貴重な笑顔にどよめく。私もアクセル殿下の微笑みは初めて見たような気がした。

「ガブリエルとフランセット嬢の姿があると、夜会も安心するな。今後も、ふるって参加してほしい」

ありがたきお言葉、喜んで、とばかりに会釈《えしゃく》を返した。

「そなた達は私の心の友だからな。ふたりの敵は、私の敵も同然。何か困ったことがあれば、なんでも相談してほしい」

その言葉を聞いて、アクセル殿下の狙《ねら》いを察してしまう。

おそらくアクセル殿下は、私達を悪く言う者達の存在に気づいていたのだろう。その上で、悪意を向ける者がいたら許さない、と衆目の前で宣言してくれたのだ。

「ではまた」

アクセル殿下は颯爽と去って行った。なんてすてきなお方なのか、と感激で胸がいっぱいになってしまう。

アクセル殿下への感謝の気持ちと共に、今晩はゆっくり眠《ねむ》れそうだ。

「あとは、セイレーン大公だけね」

「彼女はいいですよ。先日、スプリヌ地方に遊びに来たばかりですし」

セイレーン大公から思いを寄せられているので、ここで会うのは気まずいのだろうか。

なんて考えていたら、背後から声がかかった。

「おお、そこにいるのはフランセットか！」

振り返った先にいたのは、これまで噂していたセイレーン大公であった。

彼女はガブリエルには目もくれず、私のもとへずんずん接近する。

「よかった。ゆっくり話したいと思っていた。ガブリエルは今、いないな？」

「ここにいますが」

ガブリエルは眼鏡のブリッジを指先で押し上げつつ、低い声で言葉を返す。

セイレーン大公は珍しくギョッと驚いた様子でいた。一緒にいたのに、ガブリエルが見えていなかったらしい。

「お前、本当に存在感がなかったぞ！」

「存在感がなくて悪かったですね！　それよりも今、フランになんと声をかけたのですか？」

「ふたりっきりで話そうとしていただけだ。それが何か？」

胸を張って言葉を返すセイレーン大公に、ガブリエルは明らかにムッとした表情を浮かべる。

「フランとふたりきりで話していいと、私が許すと思ったのですか？」

「そうだと思ったから、ガブリエルがいない隙を見て接近したつもりだったのだが！」

ふたりのやりとりを前に、疑問符《ぎもんふ》が浮かび上がる。

これまでずっと、セイレーン大公がガブリエルに思いを寄せていると思い込んでいたのだが。

「ほんの少しでいい。フランセットを貸してくれ」

「フランを物のように言わないでください」

「そういう意味ではない！」

なんだろうか。会話の内容だけを聞いていると、私を取り合っているようにしか思えないのだが。これはいったいどういう状況なのか。

ガブリエルとセイレーン大公のこれまでの言動を含《ふく》めて、理解しがたいことばかりであった。

いい機会だ。ここで一度話し合うべきなのだろう。

にらみ合っているふたりの手を取り、私は提案する。

「あの、セイレーン大公、別室でお話ししませんか？　もちろん、ガブリエルも一緒に」

セイレーン大公とガブリエルはポカンとしていたものの、このような機会は二度とないだろう。どうかお願いします、と頭を下げたら、ふたりとも承諾《しょうだく》してくれた。

夜会に招待された者達の中でも貴賓だけに用意された部屋へ移動する。セイレーン大公とガブリエルは一言も発することなく、黙々《もくもく》と歩いていた。

貴賓室《きひんしつ》には部屋付きの従僕《じゅうぼく》がいて、何か用意するものはないかと聞いてくれる。

「ミルクたっぷりの紅茶をお願いします」

「かしこまりました」

こういうときはお酒を飲むのだろうが、ガブリエルは控えたほうがいいだろう。そう思って、ミルクティーを頼《たの》んだ。

十分後――ミルクティーを囲んだ状態で、私はセイレーン大公とガブリエルの関係を追及《ついきゅう》してみた。

「あの、私、おふたりについてずっと気になっていたことがあったんです」

私の言葉を聞いたセイレーン大公とガブリエルは、わかりやすいほどに表情を引きつらせていた。

やはり、ふたりの間には〝何か〟があったのだ。

「おふたりについて私が気になり始めたのは、セイレーン大公との手紙のやりとりを見てしまったからなのですが――」

ガブリエルはこれまで、セイレーン大公と手紙のやりとりなんてしていなかったはずだ。コンスタンスにも聞いたが、ここ最近、頻繁《ひんぱん》にやりとりするようになったと話していたのだ。

「ガブリエルがセイレーン大公からの手紙を隠すような態度を取ったとき、これは怪《あや》しい、と思ってしまったわけで」

ふたりの様子をちらりと見る。

セイレーン大公は私から顔を逸らし、ガブリエルは顔面蒼白《そうはく》だった。

「まさか、ふたりが極《きわ》めて親密な関係だったなんて思いもせず、私は驚《おどろ》いてしまいまして」

私の指摘に、ガブリエルとセイレーン大公はギョッとする。慌《あわ》てて立ち上がると、ふたり揃って迫ってきた。

「極めて親密な関係だと？」

「フラン、それはどういう意味なのですか？」

明らかに慌てた様子を見せるガブリエルとセイレーン大公に向かって、私はずっと気になっていた疑問を投げかける。

「セイレーン大公とガブリエルは、かつて恋仲《こいなか》だったのでしょうか？」

もうどうにでもなれ。そう思いながら、まっすぐに彼らを見つめる。

セイレーン大公は頭を抱《かか》え、ガブリエルはわなわなと震《ふる》えていた。

「あ、あの、フラン、私とセイレーン大公の手紙のやりとりから、なぜそのように思ったのですか⁉」

「おふたりの会話を、盗《ぬす》み聞きしてしまったのです」

それは、セイレーン大公が突然《とつぜん》訪問した日の話である。

——どうしても私の気持ちを受け入れてくれないのか？

——以前とは、事情が違うんです
「とても切なげな声で、胸が締《し》めつけられるような言葉を交わしていました」

「ちょっと待ってください。その会話は誤解なんです」

「そ、そうだ！　誤解だ！」

「何をどう誤解するというのですか？」

「セイレーン大公が私に訴《うった》えていたのは、湖水地方のアヒル堂の王都支店を出店するという話なんです」

「湖水地方のアヒル堂の、王都支店？」

セイレーン大公のほうを見ると、深々と頷《うなず》く。

いったいどういうことなのか。話がまったく見えていなかった。

「湖水地方のアヒル堂の名前ができる前から、セイレーン大公はフランが作るお菓子を王都で売ったほうがいいと言っていたんです。その当時は私も深く考えず、フランが望むのならば、と返していました」

それから数ヶ月後——湖水地方のアヒル堂は王都で大人気となった。

「湖水地方のアヒル堂のお菓子が王都で大人気を博しており、入手困難になっていることを知ったセイレーン大公が、私のもとへ再び手紙を送ってきたんです」

一刻も早く湖水地方のアヒル堂の王都支店をオープンさせたほうがいい。セイレーン大公も出資するという話を、ガブリエルへと持ちかけていたのだという。

「王都支店を開くとなれば、フランは王都へ出向かないといけません。フランがいない毎日など考えられなかった私は、フランに話をする前に、断ってしまったのです」

ガブリエルはしょんぼりと肩《かた》を落としている。

彼が私に隠そうとしていたのは、湖水地方のアヒル堂の王都支店を出店する話だったのだ。

続けて、セイレーン大公が話し始める。

「以前は前向きな返事をしていたのに、今になって断るものだから、私は納得《なっとく》いかなかった。だから、ガブリエルのもとへ直接押しかけて、湖水地方のアヒル堂の王都支店をオープンさせることの重要性を訴えたのだ。けれども、この石頭は頷かなかった」

そんな事情があったので、セイレーン大公は忙《いそが》しい合間を縫《ぬ》って、ガブリエルに手紙を送り続けていたのだという。

「でしたら、セイレーン大公がおっしゃっていた〝どうしても私の気持ちを受け入れてくれないのか？〟というのは？」

「湖水地方のアヒル堂の王都支店をなぜ開かないのか、と訴えていたところだな」

「それで、ガブリエルの〝以前とは、事情が違うんです〟というのは？」

「フランと離《はな》れたくなかった私の、個人的な我《わ》が儘《まま》でした」

つまり私による盛大《せいだい》な勘違《かんちが》いだった、というわけである。

思わずがっくりとうな垂れてしまう。

もっと早く話し合っていたら、悩《なや》むこともなかったのに。

やはり私とガブリエルには、まだまだ対話が足りていないのだろう。

「ガブリエルとのやりとりが、まさか不貞《ふてい》を働いていると勘違いされていたなど、想像もしていなかった」

「全身鳥肌《とりはだ》ものですね」

ガブリエルの言葉に、セイレーン大公は深々と頷く。

「あの、セイレーン大公、最後にもうひとつだけよろしいでしょうか？」

「何だ？」

「ガブリエルは一度、セイレーン大公のことをお名前で呼んでいたんです。そこでも、ふたりは親しい関係なのだな、と思ってしまって。よろしければ、理由についてお聞かせいただけますか？」

セイレーン大公は首を傾《かし》げていたが、ガブリエルは思い当たる節があったらしい。彼女の代わりに説明し始める。

「それは、アカデミー時代まで遡《さかのぼ》ることになります」

「アカデミー時代？」

「ええ、そうです。セイレーン大公はその昔、アカデミーの教師をしていたんです」

「セイレーン大公が先生で、ガブリエルが生徒という時代があった、ってこと？」

ガブリエルは頷く。その昔、セイレーン大公はアカデミーの教師で、ガブリエルがいたクラスを受け持っていたらしい。

「とにかく型破りな教師でした。自分のクラスの生徒全員に、〝マグリット〟と名前で呼ぶよう強要していたんです」

ただひとり、ガブリエルだけは「セイレーン先生」と呼んでいたそうだが、ある日勝負を持ちかけられたのだという。

「呪文《じゅもん》の暗記対決で、負けたら名前で呼ぶように、と言ってきたんですよ」

負けず嫌《ぎら》いだったガブリエルは必死になって呪文を暗記したものの、セイレーン大公に惨敗《ざんぱい》してしまったという。

「そんなわけで、私はアカデミーの在学中、彼女をマグリットと呼ぶしかありませんでした」

次の年もセイレーン大公がクラス担任だったため、アカデミーに在籍《ざいせき》していた二年もの間、名前で呼んでいたという。

「その癖《くせ》が抜《ぬ》けきっていないのか、たまにセイレーン大公を名前で呼んでしまうことがありまして」

「そう、だったのね」

セイレーン大公がガブリエルと呼ぶ理由も、かつて受け持っていたクラスの生徒だったからなのだろう。

「私はとんでもない勘違いをしていたわ」

「気になった時点で、言ってくれたらよかったのだが」

「セイレーン大公、こういうセンシティブな問題は、直接本人達には聞けないものなのです」

「ふむ。難儀《なんぎ》な話だ」

誤解がすべて解け、深く安堵《あんど》する。セイレーン大公が言っていたとおり、すぐに聞くべきだったのだろう。

「それでフランセット。湖水地方のアヒル堂の王都支店を出店する気はないのか？」

ガブリエルのほうを見た瞬間、笑いそうになった。

なぜかと言えば、雨が降る中で捨てられた子犬のような顔で私を見つめていたから。

「申し訳ありません。今は、王都進出など考えていませんので」

まだまだ観光客をスプリヌ地方に誘致《ゆうち》したいし、湖水地方のアヒル堂の経営も安定しているとは言えない。そんな状況の中で、他の店舗《てんぽ》を出すなんて考えられなかった。

「今は、ということは、将来的に可能性があると思ってもいいのか？」

「そうですね。ない、とは言えないかもしれません」

極めて曖昧《あいまい》な答えだったものの、セイレーン大公は満足してくれたようだ。

「セイレーン大公、湖水地方のアヒル堂のお菓子を愛してくださり、ありがとうございます」

「礼を言いたいのは私のほうだ。お菓子を通じて、いろんな人と交流できた」

湖水地方のアヒル堂のお菓子が縁《えん》を繋《つな》ぐ。それは理想を描《えが》いたような未来だ。

これからも期待に応えられるよう、頑張《がんば》ろうと思った。

その後、義母と合流し、宿へ戻《もど》る。

一応、義母にも相談していたので、セイレーン大公とガブリエルの問題が解決したという旨《むね》を報告する。

「フランセットさん、愚息《ぐそく》が心配をかけてしまって、本当にごめんなさい」

「いえいえ。彼に聞かなかった私が悪いのです」

プルルンに指摘されていたとおり、私はガブリエルについて知らなすぎた。わからないことは、すべて本人に聞けばいいだけの話だったわけである。

「本当に反省しています」

「そんなことはないですよ。湖水地方のアヒル堂の王都支店についてフランセットさんに話さず、勝手に断ったガブリエルが一番悪いと思います」

私の隣に腰《こし》かけるガブリエルは、気まずげな様子でいた。

たしかに、義母の言うことも一理ある。

「フラン、今回の件は、私にも問題がありました。本当に申し訳ありませんでした」

頭を下げるガブリエルに、私は素直《すなお》な気持ちを伝えた。

「ガブリエル、私はあなたの傍《そば》を離れるつもりはないから、今後、似たような案件があったら、すぐに相談してほしいわ」

「ええ。肝《きも》に銘《めい》じておきます」

私の中に抱えていた問題が解決し、すがすがしい気持ちで眠ることができたのだった。

第五章 ◆ 公爵令嬢フランセットは、思いがけない人物と出会う!?

王都滞在《たいざい》四日目——早くも最終日である。今日まであっという間だった。

ガブリエルは魔物大公の会議に参加し、義母はモリエール夫人とお買い物に行くという。私も一緒《いっしょ》にどうかと誘《さそ》われたものの、姉妹《しまい》水入らずの買い物を邪魔してはいけないと思って断った。リコとココも、義母に付けている。

そんなわけで、私はプルルンと一緒にお留守番をしていたのだ。

「プルルン、暇《ひま》ね」

『だったら、プルルンと、あそびに、でかけるう?』

「それもいいわね」

『どこにいく?』

「ボンボニエールの販売《はんばい》を、見にいこうかしら?」

朝刊でボンボニエールについて報じられており、私は落ち着かない気持ちを持て余していたのだ。ソリンから手伝いは不要と言われていたので大人しくしているつもりだったものの、お店の様子を少し見る程度ならば問題ないだろう。

自宅から持参していた、村娘風のワンピースを取り出す。これならば、下町を歩いていても目立たないだろう。帽子《ぼうし》を深く被《かぶ》り、プルルンは鞄《かばん》に擬《ぎ》態《たい》してもらう。

「これで、貴族には見えないわよね？」

『フラのへんそう、かんぺき！』

完璧《かんぺき》なのもどうなんだ……と思わなくもないが、まあいい。

一応、ガブリエルの部屋に、下町の菓子店でボンボニエールが販売される様子を見てくる、と手紙を書いて残しておいた。

「さあ、プルルン、でかけましょう！」

『しゅっぱーつ！』

宿を出て、足取り軽く王都の街並みを歩く。

「ボンボニエールを求めてやってくるお客さんは、どれくらいいるのかしら？」

『たくさーん、だよ』

「そうだといいけれど」

ボンボニエールは保管に場所を取るので、売れ残ったら菓子店に迷惑《めいわく》をかけてしまうのだ。

「売れ残っていたら、いくつか買おうかしら？」

『プルルンも、ほしーい』

なんてのんきに会話していたのだが、周囲の人達《たち》の視線が集まっていることに気づく。

プルルンは鞄に擬態させているので、私が一人二役で会話しているように聞こえたのだろう。

「ご、ごめんなさい、プルルン。なんだか独り言を呟《つぶや》いている人に見えるみたいだから、しばらく黙《だま》るね」

『そのほうが、いいかもー』

プルルンの理解を得たあとは、馬車乗り場を目指して黙々と歩いて行く。

中央街の広場は相変わらず、多くの人々が行き来していた。初めて訪《おとず》れた人は、迷子になってしまうだろう。

足早に通り過ぎようと思っていたそのとき、目の前を見知った顔が通過する。

「――え⁉」

クリームイエローの髪《かみ》に空色の瞳を持つ、七歳くらいのかわいらしい少女を、見間違《みまちが》えるわけがなかった。

彼女はたったひとりで街歩きをしており、周囲に侍女《じじょ》や護衛の姿などない。

いったいどうしてこんなところを歩いているのか。思わず呼びとめてしまう。

「あの、グリゼルダ王女！」

グリゼルダ王女は振り返り、ギョッとした顔を見せる。

そして、そのまま走り出してしまった。

「ま、待ってください！」

あの表情は「見つかってしまった！」と言わんばかりだった。おそらく、城を抜け出してきたに違いない。そう思って、彼女のあとを追いかける。

「お待ちください！　わ、私は、城の者では、ございません」

帽子を被っていたので、誰《だれ》かわからなかったのか。効果があるとは思えなかったものの、帽子を外し、自らを名乗ってみる。

「スライム大公の婚約者である、フランセット・ド・ブランシャール、でございます！」

グリゼルダ王女はピタッと立ち止まり、再度私を振り返った。

何か思い詰《つ》めたような表情である。ここにいるのは、何か事情がありそうだ。

どこかゆっくりできる場所で、話を聞いたほうがいいだろう。

「あ、あの、お茶でも、いかがですか？」

ちょうど目の前に喫茶店《きっさてん》があった。姉と一緒に何度か行ったことのあるお店だったので、問題ないだろう。そう思って誘ってみた。

「スコーンがとってもおいしいお店でして」

ゆっくりグリゼルダ王女に近づき、手を差し伸《の》べる。すると、グリゼルダ王女は私の手に小さな指先を重ねてくれた。

そんなわけで、グリゼルダ王女と一緒にお茶をする。

どうしてひとりで中央街にいたのか、どうして侍女や護衛を連れていないのか。疑問はたくさんあるものの、差し迫ったような様子だったので、お茶とお菓子を食べていったん落ち着いてほしい。

蜂蜜《はちみつ》をたっぷり入れた紅茶に、さくらんぼのジャムとクロテッドクリームを載《の》せたスコーンは絶品だった。

グリゼルダ王女はお腹《なか》が空《す》いていたのか、スコーンをふたつ平らげる。血の気が引いているように見えた顔色も、よくなったようだ。

落ち着きも取り戻したのだろう。グリゼルダ王女は事情を聞く前に、自分から話してくれた。

「あの、フランセット、ごめんなさい。それから、ありがとう」

「どういたしまして」

「わたし、お買い物をしたくて、ここまでやってきたの」

おひとりで？　と聞くと、グリゼルダ王女はこくんと頷く。

「今日、お母様の誕生日で、贈《おく》り物を買いたくて」

すでに、グリゼルダ王女に振り分けられた予算で、贈り物は購入していた。けれどもそれは、侍女が用意したものだという。

「自分で選んだ品を、お母様に贈りたくて、それで、お城を抜け出してきたの」

なんでもグリゼルダ王女の部屋には、外に繋がる隠《かく》し通路があるらしい。そこを通って、中央街に抜け出したようだ。

「今頃《いまごろ》、グリゼルダ王女の不在に気づいた侍女が、大騒《おおさわ》ぎをしているのではないのですか？」

「それは大丈夫《だいじょうぶ》。今日は具合が悪いから、眠っているねって、頼んだの」

医者の診断《しんだん》も受け、一日安静にしているように、と言われていたらしい。そういうとき、侍女は食事の時間以外、やってこないのだという。

「お昼はいらないって言っていたし、わたしの代わりにぬいぐるみを寝《ね》かせておいたから、多分、侍女は気づかない」

果たしてそれで侍女は騙されるのか。疑問でしかなかった。

「ひとり歩きが危険なのは、わかっているの。でも、お母様を喜ばせたくて――！」

グリゼルダ王女は涙《なみだ》をポロポロ流しながら訴える。きっと、勇気を振り絞《しぼ》って、抜け出してきたのだろう。母親を喜ばせるために、頑張っている最中に私に発見されてしまったというわけだ。

「フランセットに会ったことは黙っておくから、わたしを見逃《みのが》して！」

見逃すことは絶対にできない。もしも何かあったら、と考えると、ゾッとしてしまう。

私が押《お》し黙ったからか、グリゼルダ王女は絶望の淵《ふち》に立たされたような、悲惨《ひさん》な表情を浮《う》かべる。大粒《おおつぶ》の涙が、頬《ほお》を伝っていった。

「もしも、連れ戻されても、また脱出《だっしゅつ》するわ」

何があろうと決意は揺《ゆ》らがない、というわけなのか。

ならば、私ができることはひとつだけだ。

「どうか私にも、手伝わせてください」

「て、手伝う？」

「ええ。グリゼルダ王女のお買い物に、同行させていただけないでしょうか？」

「いいの？」

「もちろんです」

本来ならば、城に連れて行ったほうがいいのだろう。けれども、グリゼルダ王女は普段《ふだん》から無茶《むちゃ》をするようなお方ではない。今回が最初で最後の大冒険《だいぼうけん》なのだろう。

彼女《かのじょ》が振り絞った勇気を、無駄《むだ》にしたくない。もしも何かあったときは、きっとプルンが助けてくれる。そう思って提案してみた。

「それで、グリゼルダ王女は何を買うかお決まりなのですか？」

「ボンボニエール！」

「へ？」

「湖水地方のアヒル堂のボンボニエールを、お母様に贈りたいの。だから、それを買いに行きたいのよ」

まさかの品に、瞠目《どうもく》してしまう。

「でしたら、私の宿にある予備のボンボニエールをお渡《わた》しできますが？」

「いいえ、お店で買いたいの」

自分の手で購入し、王妃殿下《おうひでんか》へお渡ししたい、ということなのか。

「でしたら、すぐに買いに行きましょう」

私がそう提案するやいなや、グリゼルダ王女の表情がパーッと明るくなる。

「でも、この辺りにお店が見当たらなかったの」

「店舗は中央街ではなく、下町にございます」

「え、そうだったんだ！　探しても、見つからないわけだわ」

グリゼルダ王女の足だと、下町まで一時間はかかるだろう。

「下町って遠い場所だと、侍女から聞いたことがあるわ」

「乗り合いの馬車に乗ったら、三十分ほどでつきますよ」

「あの……乗り合いの、馬車って何かしら？」

「行く先々でさまざまな人を乗せて走る乗り合い馬車のことですよ」

「そんな馬車があるのね！　フランセットは物知りだわ」

「お褒めにあずかり光栄です」

「どうしてそんなに、いろんなことを、知っているの？」

「た、たまたまですよ」

実家が没落《ぼつらく》したから、乗り合い馬車を利用していた、とは言えない。

「そろそろ行きましょうか」

ボンボニエールを販売する菓子店のオープンまで一時間あるが、念のため急いだほうがいいだろう。

「その前に、グリゼルダ王女は変装しなければなりません」

「変装？」

「そうです。その恰好《かっこう》では、下町で目立ってしまいます」

宝石が縫い付けられた豪奢《ごうしゃ》なサテンドレスは、中央街でも目立っていた。それにグリゼルダ王女の金色の輝く髪と宝石のような瞳《ひとみ》は、ただ者でない空気を放っている。

王城を脱出したあと、よく誘拐《ゆうかい》されなかったな、と思うくらいだ。

変装と聞いて、グリゼルダ王女はワクワクしているようだ。私は内心ハラハラしているのだが、彼女の願いを叶《かな》えるために一肌脱《ひとはだぬ》ぐしかない。

「フランセット、わたしのことはゼルダと呼んでちょうだい。お城に戻るまで、敬語も禁止よ」

「わかりま――いいえ、わかったわ、ゼルダ」

そう言葉を返すと、グリゼルダ王女は楽しそうに頷いた。

出発する前に、プルルンをグリゼルダ王女に託《たく》す。

「ゼルダ、プルルンを抱《だ》いていてくれるかしら」

「あ！　精霊《せいれい》スライムのプルルンちゃん！」

『おひさしぶりー』

グリゼルダ王女とプルルンは一度、挨拶《あいさつ》し合っている。久しぶりの再会となるのだ。

何かあったときのために、プルルンはグリゼルダ王女と共に行動してもらう。

グリゼルダ王女に抱かれるプルルンという図は、世界一愛らしいと思ってしまった。

「では、行きましょう」

手を差し伸べると、グリゼルダ王女は握《にぎ》り返してくれる。この手を絶対に離さないようにしなくては。そう、心の中で誓《ちか》った。

まず向かったのは、雑貨を販売する商店である。ここで、子ども用の外套《がいとう》を購入した。

すっぽりと全身を覆《おお》う外套なので、頭巾《ずきん》を被ったら王族の子どもには見えないはず。

もうひとつ、ウサギの仮面を購入した。これで、グリゼルダ王女の顔を隠そうという魂胆《こんたん》である。

「これ、かわいいわ！」

「よかった。これを帰るまでつけていてくれる？」

「うん、わかった」

会計時、初老の店主がにこにこしながら話しかけてくる。

「お嬢《じょう》ちゃん、メイドさんにたくさん買ってもらって、よかったねえ」

なんと反応していいのかわからず、グリゼルダ王女とふたり、苦笑いを浮かべてしまう。

傍《はた》から見たら、私はグリゼルダ王女のメイドに見えるようだ。ドレスでなく、下町風のワンピースを着ているので、余計にそう見えてしまうのかもしれない。

グリゼルダ王女にしっかり変装させたあと、馬車乗り場を目指す。

「フランセット、あれが馬車に乗る場所なの？」

「ええ、そうよ」

すでに行列ができていて、最後尾《さいこうび》に並ぶ。さほど待たずに、馬車がやってきた。

「あれが、乗り合い馬車!?　とっても大きいわ!!」

二十人は乗れる、二階建ての大型乗り合い馬車である。

「二階は吹《ふ》き抜けになっていて、風を感じながら走るのよ」

「だったら、二階がいいわ！」

グリゼルダ王女はなかなか勇気があられる。私でさえ、二階に乗ったことはない。

少々怖《こわ》かったが、グリゼルダ王女のためだ。勇気を振《ふ》り絞って、二階へ上がった。

「わー、高いわ」

「え、ええ、そうね」

内心、思っていた以上に高い、と考えていた。グリゼルダ王女が楽しそうだったので、すべてよしとする。

馬車が走り出すと、車体が大きく揺れた。

「きゃっ！」

「フランセット、大丈夫よ」

グリゼルダ王女が私を抱きしめ、優《やさ》しく背中を撫《な》でてくれる。本来ならば私がするようなことを、グリゼルダ王女がしてくれた。なんて優しいお方なのか。

「思っていた以上に、揺れるわね」

「そうね。でも、楽しいわ」

車高が高いからか、街路樹のすぐ傍《そば》を通過する。時には、枝を払《はら》いながら進んで行くのだ。

葉っぱがはらはら舞《ま》い、客席に落ちていく。グリゼルダ王女は宝石を手に取るような仕草で、葉を拾い上げていた。

「ねえ、フランセット。これ、持って帰ってもいい？」

「ええ、もちろん」

雑貨店で購入《こうにゅう》したポシェットの中に、葉っぱを大事そうにしまっていた。その様子は、愛らしいとしか言いようがない。

「ねえ、フランセット。雨の日は、二階部分は雨ざらしになるの？」

「雨の日は幌《ほろ》を張って雨風をしのぐのよ」

「そうなんだ。雨の日も楽しそうだわ」

雨の日にも乗ったことがあるのだが、防水は完全でなく、二階部分から一階部分へ浸水《しんすい》し、濡《ぬ》れてしまった記憶《きおく》が甦《よみがえ》ってくる。

今日が雨じゃなくてよかった、と心から思ってしまった。

馬車は五分遅《おく》れで下町に到着《とうちゃく》する。グリゼルダ王女が車掌《しゃしょう》に金貨を渡そうとしたので、慌てて制した。代わりに、ふたり分の乗車賃を支払《しはら》っておく。

馬車から降りたあと、グリゼルダ王女は不思議そうな表情で問いかけた。

「フランセット、どうして支払わせてくれなかったの？」

「下町では、金貨のような大きな金額のお金は使えないんです」

正確に言えば、商売をする側がおつりを用意できないのだ。

「知らなかったわ。わたし、今日、金貨しか持っていないの」

「でしたら、私がお貸しします。今度会ったときに、きちんと返してくださいね」

「わかったわ」

別に返済せずともいいのだが、そう言っておかないとグリゼルダ王女が納得しないと思ったのだ。

「さあ、行きましょうか」

「ええ」

馬車乗り場から徒歩十分くらいか。行き着くまでの道のりは、申し訳ないが足早に行かせてもらう。でないと、関わりたくない輩《やから》に絡《から》まれてしまうから。

「ゼルダ、急ぎましょう」

「もう、お店が開店するの？」

「ええ、まもなくよ」

グリゼルダ王女はプルルンを片手に抱き、一生懸命《いっしょうけんめい》ついてきてくれる。

あと少し――というところで、思いがけない事態に遭遇《そうぐう》する。

路地のほうから、ゴミ箱が飛び出てきたのだ。

「きゃあ！」

「――っ！」

突然の出来事に、私とグリゼルダ王女は固まってしまった。

気だるげな様子の男が出てきて、私達を見てにやりと笑う。

「ああ、悪かった。足で蹴《け》ってしまって」

「い、いえ」

グリゼルダ王女を背中に隠し、男と対峙《たいじ》する。

「どこかケガしていないか、俺《おれ》の家で確認《かくにん》してやろうか？」

「いいえ、結構です」

「遠慮《えんりょ》するなよ」

男が手を伸ばしてくるのと同時に、私はポケットの中に入れていた物を投げた。

次の瞬間《しゅんかん》、煙《けむり》がもこもこと漂《ただよ》ってくる。

「うっ、な、なんだ、これは!!」

スプリヌ産、ガブリエル特製の煙玉《えんだま》である。悪意を抱く者は涙が止まらなくなる、という魔《ま》法《ほう》がかけられているという。

護身用にと持たされていた物が、役に立ったというわけである。

「な、なんだ、これは⁉　げほげほ、うっ、くそ!!」

男が咳《せ》き込《こ》んでいる間に、私はグリゼルダ王女の手を引いて走り始める。煙のおかげで、まくことができたようだ。

菓子店《かしてん》の前には、行列ができていた。これだけ多くの人達がいたら、男も私達がどこにいるのかわからないだろう。最後尾に並んで息を整える。

「ゼルダ、大丈夫？」

「ええ、平気よ。フランセットは？」

「私も、なんとか、大丈夫」

まさかここで、変な輩に絡まれるとは思ってもいなかった。

ガブリエルが持たせてくれた煙玉のおかげで、なんとか事なきを得た。

「ゼルダ、怖くなかった？」

「いいえ、ぜんぜん！　お父様を守る近衛騎士《このえきし》のほうが、体が大きくて怖いわ」

「そ、そう」

心の傷になっていたらどうしよう、と思っていたものの、大丈夫そうでホッと胸をなで下ろす。それと同時に、下町の輩よりも怖い騎士とはいったいどんな人物なのか、と気になってしまった。

行列はざっと数えて百名いるかいないか、くらいか。一応、ボンボニエールはひと家族につきひとつ、と販売数《はんばいすう》に制限をかけていた。

この人数だと、ギリギリ買えるか、買えないかくらいだろう。

「フランセット、すごいわ。湖水地方のアヒル堂はとても人気なのね」

「新聞の宣伝効果もあるのでしょう」

「そう！　わたしも、その記事を見て買おうと思ったの。お母様はマグリットが持ってくる、湖水地方のアヒル堂のお菓子《かし》が大好物だから」

「ありがたいお言葉だわ」

裏口から入ってソリンに頼んだら、ボンボニエールは確実に手に入る。けれども、グリゼルダ王女は他の人達と同じ条件で買いたいと望んでいた。その気持ちを無駄にしたくない。

私はもうしばし、グリゼルダ王女の大冒険のお供をすることにした。

しばらく待つと、菓子店が開店したようだ。列が少しずつ前に進んでいく。

「フランセット、先が見えない行列なんて、初めてだわ」

「私もよ」

本来ならばボンボニエールを販売する様子を見るだけだったのに、奇跡的《きせきてき》なご縁があって今、こうして並んでいる。

周囲の人達の多くは新聞を持ってきていて、記事にあるボンボニエールのイメージ画を見て、感嘆《かんたん》している様子を見ることができた。

前に並んでいたご婦人方が、ヒソヒソ喋《しゃべ》り始める。

「とても美しい磁器だけれど、これはあくまでもイメージよね」

「ええ。この絵みたいに、きれいなわけがないわ」

「お菓子を買うついでに、磁器が手に入るだけでも儲《もう》けものよ」

新聞に掲載《けいさい》されているのは、ココが描いたデザイン画である。本物のボンボニエールは絵と同じくらい美しい仕上がりだ。きっと、このご婦人方もびっくりするだろう。

列はゆっくり、ゆっくりと前進していく。

『ゼルダー、きつかったら、プルルン、いすになるよお〜?』

「まだ平気よ」

最後までグリゼルダ王女の体力がもつか心配だ。まだ先は長いので、プルルンが擬態した椅《い》子《す》に座《すわ》ったらどうかと提案してみる。

「わかった。プルルン、やっぱり、椅子、お願い」

『まかせてー』

プルルンはふかふかのソファに擬態し、グリゼルダ王女は腰かける。

座った瞬間、グリゼルダ王女はホッとした表情を見せていた。

口には出さなかったものの、疲《つか》れているのだろう。

プルルン扮《ふん》するソファは列が動いたら前進してくれる。まさか動くとは思わなかったからか、グリゼルダ王女は楽しげにくすくすと笑っていた。

今日一日で、グリゼルダ王女のさまざまな表情を見ることができた。

こうして彼女を連れ出すことはよくないだろう。処罰《しょばつ》も覚悟《かくご》の上で、今、グリゼルダ王女と一緒にいる。

もしかしたら、そろそろ不在がバレているかもしれない。

ボンボニエールを購入するまで、どうか見つかりませんように、と祈《いの》るしかない。

しばらくすると、ボンボニエールを購入できた人々とすれ違《ちが》う。

「これはすばらしい品だ」

「お菓子の入れ物になっているなんて、驚きだわ」

ボンボニエールを絶賛する声が次々と聞こえてきた。

嬉《うれ》しいやら、恥《は》ずかしいやら、さまざまな感情がこみ上げる。

職人達が丹精《たんせい》こめて作ってくれたひと品だ。王都の人達にも認められて、心から嬉しく思う。

「フランセット、あなたの作ったボンボニエールを、みんなが褒《ほ》めているわ」

「ええ、光栄だわ」

遠くから見る程度であれば、この声は耳にできなかっただろう。

「ボンボニエールを買いにきたおかげで、聞くことができたわ」

そう言葉を返すと、グリゼルダ王女はにっこり微笑《ほほえ》んでくれた。

待つこと一時間半——とうとう、私達の番がやってきた。

グリゼルダ王女は緊張《きんちょう》の面持《おもも》ちで、ソリンに話しかける。

「あの、ボンボニエールは、ありますか？」

「ええっと、ボンボニエールは——」

ソリンが背後を振り返り、在庫が入った箱をゴソゴソ探《さぐ》る。

私達の前にいたご婦人方の分はあった。グリゼルダ王女が購入できる分はあるのだろうか。

その様子を、ドキドキしながら見守った。

「あ、ありました！　最後の一個です」

それを聞いた瞬間、グリゼルダ王女は胸を押さえ、涙をポロポロ零《こぼ》す。

目標を達成できそうなので、感極《かんきわ》まってしまったのか。

グリゼルダ王女が涙を拭《ぬぐ》っているうちに、私は支払いを行う。

「あなた、フランセット⁉　どうして？　この子はどこの子なの？」

「あとで事情を話すから、会計、お願い」

「わ、わかったわ」

この行列なので、梱包はしていないようだ。そのままの状態で、ボンボニエールが差し出される。

　グリゼルダ王女は赤子を抱くような慎重《しんちょう》な手つきで、ボンボニエールを受け取ってくれた。

「お客さんに幸せが訪れますように！」

　結婚式《けっこんしき》の幸せのおすそ分けとして配られるボンボニエール。その風習を聞いていたからか、ソリンはいつもと違う言葉で見送ってくれたようだ。

　菓子店から外に出ると、グリゼルダ王女は嬉しそうな表情で私を振り返る。

「フランセット、ボンボニエール、買えたわ!!」

「おめでとう。私もなんだか嬉しいわ」

「ええ！」

　たくさんの人達が並んでいたので、もう買えないものだと半ば諦《あきら》めていた。けれども、最後のひとつが残っていて、グリゼルダ王女の手に渡ったのだ。

「フランセット、あなたのおかげだわ！」

「そんなことないわ。ゼルダの頑張りがなければ、ここまで辿《たど》り着けなかったはず」

「本当に、ありがとう」

　グリゼルダ王女はボンボニエールを愛《いと》おしそうに抱きしめ、頬ずりしている。

　プルルンは拍手《はくしゅ》し、祝福しているようだった。

「さて、そろそろ帰りましょうか」

「そうね。早く帰りましょう」

差し出した手をグリゼルダ王女は力強く握ってくれる。

あとは彼女を城まで安全に送り返したら、私の任務は達成となる。

グリゼルダ王女はすでに疲労困憊《ひろうこんぱい》状態だろう。背負ってあげたいのは山々だが、七歳《さい》児をおんぶできる体力はない。

軟弱《なんじやく》者で申し訳ない、と心の中で謝罪しつつ、足早に下町を歩いて行く。

馬車乗り場はもう目の前――というところで、私達に再度災難が降りかかる。

「よお、さっきは世話になったな」

私達の行く手を阻《はば》むように現れたのは、先ほど絡んできた男だ。

一刻も早くグリゼルダ王女を城まで送らなければならないのに……。ぎり、と奥歯《おくば》を噛《か》みしめる。

最悪なことに、今度は彼《かれ》ひとりではなかった。他に三人、ぞろぞろと私達を取り囲む。

「いやはや、地味な女だが、よくよく見れば美人じゃないか！」

それは姉と一緒にいて、百万回は聞いた言葉である。別に、ショックでもなんでもなかった。

「お嬢ちゃん、お母さんを借りてもいいかい？」

男のひとりがグリゼルダ王女に話しかける。どうやら私達は、傍《はた》から見たら親子に見えるらしい。

十五歳で結婚《けっこん》しても、七歳の娘《むすめ》がいるなんてありえない話なのだが。

それよりも、グリゼルダ王女に絡まないでほしい。

彼女を私の背後に隠そうと腕《うで》を伸ばした瞬間、グリゼルダ王女は想定外の行動に出た。

身をかがめて話しかけていた男の頬を、思いっきり叩《たた》いたのである。

「へぶっ!!」

想定外の攻撃《こうげき》だったからか、男はダメージを受けているようだった。

慌《あわ》てて、グリゼルダ王女を引き寄せ、ぎゅっと抱きしめる。

「い、痛え！　くそ！」

「おいおいおい、やってくれたな」

「こいつ、頬骨《ほおぼね》が折れたぜ」

「どう責任を取ってくれるんだろうなあ」

この男達はいったい何を言っているのか。か弱い少女が叩いた程度で、骨が折れるわけがない。むしろ、叩いた手のほうを心配したくなる。

「慰謝料《いしゃりょう》を払ってもらおうか」

「金貨一枚」

「いいや、金貨百枚だ」

「ちょっと待て。あの子、新聞に載っていた器を持っているぜ」

男が指差したのは、グリゼルダ王女が持つボンボニエールだった。

「新聞に載っていたってことは、高価な品なのか？」

「だったら、それをよこしてもらおうか」

「平和的な解決だ」

「さあ」

差し出した手を、金槌《かなづち》に擬態したプルルンが思いっきり叩いた。

「ぎゃあああああ」

「なっ、どこから金槌が出てきたんだ⁉」

「くそ、またやりやがったな」

「許さねえ‼」

再度、煙玉でまこうとした瞬間、男のひとりに腕を掴《つか》まれてしまう。

「同じ手にかかるかよ！」

私を掴んだ手も、金槌になったプルルンが思いっきり叩いてくれた。

「ぐああああ‼」

煙玉を男に投げつける。衝撃《しょうげき》と共に発動する代物《しろもの》だが、勢いが足りなかったようだ。

ただ、相手を警戒《けいかい》させるのには役立つ。

「それは、目が痛くなる煙がでるやつだ！」

男達の隙《すき》を見て、私はグリゼルダ王女の手を引いて走り始めた。

乗り合い馬車が来ていたものの、私達が走るのと同時に出発してしまう。

「ああ——！」

このまま走って逃《に》げるしかないようだ。

男達はひと息遅れて、私達を追いかけてくる。

「待ちやがれ！」

繋いだ手が、だんだんと遅《おそ》くなる。グリゼルダ王女はすでに限界なのだろう。

私とグリゼルダ王女ともどもプルルンに呑《の》み込んでもらって、逃げようか——なんて考えていたが、すぐ背後から声が聞こえた。

「捕《つか》まえた!!」

男のひとりがグリゼルダ王女の腕を掴む。けれどもそれは、プルルンが擬態したものだった。

『せいばーい！』

プルルンは男の頬を殴《なぐ》る。

グリゼルダ王女はその場にしゃがみ込み、動かなくなってしまった。

「フラン、セット、わたしは、もう、ダメ」

「ダメではないわ！」

彼女の前にしゃがみ込み、おぶさるように言う。

「いいえ、それは、できない。フランセット、あなただけでも、逃げて」

「ゼルダ——」

せめてどこかに身を隠そう。彼女を抱き寄せようとした瞬間、眼前に木の棒が迫《せま》る。

いつの間にか男が接近し、私達に牙《きば》を剥《む》いていた。

グリゼルダ王女を庇《かば》うように抱き寄せ、目を閉じる。

胸の中にいるグリゼルダ王女は泣きじゃくっていた。

私が最初から城へ送っていたら、彼女を怖い目に遭《あ》わせなかったのに。

後悔《こうかい》の念に襲《おそ》われる。

「死ね――――!!」

衝撃に備えるため奥歯を噛みしめたが、痛みはない。代わりに、ガキン！ と何か硬い物に当たる音が聞こえた。

「え⁉」

瞼《まぶた》をそっと開くと、目の前に陶石スライムの姿があった。

「あなたは……」

「フラン!!」

振り返った先にいたのは、ガブリエルだった。

「ガブリエル、どうして？」

「王女殿下《でんか》がいないと騒《さわ》ぎになって、探していたんです」

中央街を中心に探し回っていたらしい。ガブリエルは私の手も借りようと宿に戻《もど》ったところ、残していた手紙を発見したという。

「フランの手紙を見た瞬間、もしかしたら、グリゼルダ王女はボンボニエールを買いに行ったのでは、と思ったわけで。まさか、一緒にいたとは驚《おどろ》きました」

手紙を残していたおかげで、グリゼルダ王女の早期発見に繋《つな》がったようだ。

「フラン、グリゼルダ王女にケガなどないでしょうか？」

「ええ、もちろん」

グリゼルダ王女は無事だ。私にすがりつく彼女を見た瞬間、ガブリエルは安堵《あんど》した表情を見せる。

「こいつ!!」

『わ——！』

男は陶石スライムを蹴り飛ばし、こちらへ接近しようとする。

『させな——い！』

虫取りに使う網《あみ》に転じたプルルンが、男を拘束《こうそく》する。

動けば動くほど、体に網が絡みついていた。

「クソ！　なんだこれは！」

『むしとりあみー。むしけらだから、つかまえた！』

プルルンの酷《ひど》すぎる物言いに、笑ってしまう。これまで泣いていたグリゼルダ王女にも笑顔《えがお》が戻った。

「王女がいたぞ!!」

それはセイレーン大公の声だった。騎士達《きしたち》がぞくぞくと駆《か》けつけ、男達を拘束していく。

グリゼルダ王女の侍女らしき女性も駆けつけ、小さな体を抱きしめる。

「グリゼルダ、ご無事で何よりだ！」

「マグリット、勝手に抜《ぬ》け出して、ごめんなさい。わたしがぜんぶ悪いの」

「わかった、わかった。説教は国王陛下と王妃殿下から受けてくれ」

その言葉に、私の血の気がサーッと引いていく。

「フラン、大丈夫ですか？」

「だ、大丈夫ではないかも。私、グリゼルダ王女を、ここまで連れ出したの」

「フランが？」

「だから、怒《おこ》らないで」

グリゼルダ王女は詳《くわ》しい話をしようとしたが、侍女に連れて行かれてしまった。

「フランセット、いろいろと、ありがとう！」

ボンボニエールを掲《かか》げるグリゼルダ王女に、手を振って別れた。

グリゼルダ王女と入れ替《か》わるように、セイレーン大公が私のところへやってくる。にっこり微笑むので、身構えてしまった。

「フランセット、お手柄《てがら》だな」

「お、お手柄？」

「グリゼルダ王女を保護して、ここまで守ってくれただろう？」

「え、ええ、まあ」

しかしながら、私はグリゼルダ王女を止めることができなかった。もしも出会ったときに城へ連れ帰っていたら、このような騒ぎにはならなかったはずだ。

「私の判断ミスで、とんでもない事態にグリゼルダ王女を巻き込んでしまったわ」

「いいや、そんなことはない」

「でも、私がグリゼルダ王女を城へ連れて行っていたら」

「無理だな。そんなこと、できるわけがない」

それはいったいどうしてなのか。首を傾《かし》げる。

「グリゼルダ王女はこうだ、と決めたことの前では、周囲の反対なんて聞かない。だからフランセットが止めていたとしても、どうにかしてここに来ていたはず。ひとりでこんなところにやってきていたと考えたら、ゾッとする」

つまり城に帰さず、ここまで一緒《いっしょ》についてきた私の判断は、間違《まちが》っていなかった、ということなのか。

「フランセットのしたことに関して、誰も責めないから、安心してほしい」

その言葉を聞いた瞬間、その場に頽《くずお》れそうになる。

地面に膝《ひざ》を突《つ》く前に、ガブリエルが体を支えてくれた。

それだけではなく、彼は私を横抱《よこだ》きにしてくれた。

「きゃあ！　ガ、ガブリエル、抱き上げなくても、私は大丈夫よ」

「ふらふらの状態で、何を言っているのですか」

彼の言葉は否定できない。今、全身の力が抜けて、立つことすらままならない状況《じょうきょう》だから。

男を拘束していたプルルンが戻ってきて、ガブリエルの肩《かた》に飛び乗る。

『プルルンがー、ベッドに、なってあげようかー？』

人々の往来がある場所で横になったら、注目を集め、恥ずかしい思いをするのは目に見えていた。今はガブリエルの厚意に甘《あま》えるしかない。

「フラン、帰りましょう」

「ええ、そうね」

思いがけない騒動《そうどう》に巻き込まれた私は、ガブリエルに抱かれて宿に戻ったのだった。

◇◇◇

事件があった当日にスプリヌ地方に戻るつもりだったのに、私は三日も寝込《ねこ》んでしまった。

グリゼルダ王女を保護するという大役を果たしたあと、私は倒《たお》れてしまったのだ。

お医者さん曰《いわ》く、極度の疲労《ひろう》による風邪《かぜ》らしい。

事件のことだけでなく、ボンボニエール作りを頑張《がんば》り過ぎたのも原因ではないのか、と義母が話していた。

王妃殿下からは感謝状が届き、グリゼルダ王女から受け取ったボンボニエールを大変気に入った、と書かれてあった。それ以外にも、グリゼルダ王女を保護してくれた件に関する感謝と、私の勇気を称《たた》える言葉が丁寧《ていねい》に綴《つづ》られるばかり。

お咎《とが》めの内容でなかったので、心の奥底《おくそこ》からホッとした。

ボンボニエールを持ってにっこり微笑む王妃殿下の様子が、新聞の一面記事となっていたため、これまで以上の評判になっているらしい。

ガブリエルのもとには大勢の人達《たち》が押しかけ、大変なことになっていたようだ。

「だったら、一刻も早くスプリヌ地方に戻らなければいけないわね」

「領地に早く戻りたいと思ったのは、生まれて初めてです」

私達の家に戻ろう――王都でお世話になった宿をあとにしたのだった。

ガブリエルの転移魔法のおかげで、帰りも一瞬《いっしゅん》である。

数日ぶりに下り立ったスライム大公邸《てい》の空気を吸った瞬間、ホッと落ち着いてしまった。

「やっぱり、我《わ》が家《や》が一番だわ」

ここにやってきて一年とちょっとなのに、実家のような安心感があるのだ。

ふと、ガブリエルと義母が嬉しそうに私を見つめているのに気づく。

「あの、どうかした？」

「いえ、フランがここを我が家だと言ってくれたのが、とても嬉しくて」

「あなたにとっては、ここが我が家ですのね」

「ええ、そうなんです」

ガブリエルは私に抱きつき、義母は小躍《こおど》りしていた。

いつの間にか、私にとっての故郷はスプリヌ地方になっていたようだ。
この地で出会った人々や、見知った物を大切にしたい。今はそう思っている。
ガブリエルの温《ぬく》もりを感じながら、私はとてつもなく幸せだと思った。

番外編◆フランセットの日記帳

○月×日
突然《とつぜん》、プルルンが私と契約《けいやく》すると言い出す。

現在プルルンは一度ガブリエルと喧嘩《けんか》し、契約を解除していたらしく、それが可能なのだ。

だが、ガブリエルは大反対。プルルンと殴り合いとなってしまう。

途中《とちゅう》から、ガブリエルも私と契約したいなどと、訳がわからないことを主張し始めた。

喧嘩は引き分け。

ボロボロになったガブリエルとプルルンが、「どうか契約してください」と言って頭を下げる。

申し訳ないけれど、どちらもお断りさせてもらった。

○月△日
アクセル殿下がやってきた。

まるで実家に立ち寄るような気安さでいらっしゃる。

お土産《みやげ》にと言って持ってきたのは、精霊石だった。

精霊石というのは、精霊の大好物で召喚《しょうかん》の際に使用される。

稀少《きしょう》で高価な品だ。

なぜこれを？　と思っていたところ、説明してくれる。

プルルンに持ってきてくれたらしい。

なんとプルルンは、魔物《まもの》から進化し精霊化していたようだ。

さすがプルルン……選ばれし特別なスライムである。

プルルンは照れくさそうに、アクセル殿下から精霊石を受け取っていた。

ほっこり癒《い》やされたのは言うまでもない。

□月▽日
義母がモリエール夫人に、手紙でスプリヌ地方に遊びに来ないかと誘《さそ》ったようだ。

生まれ変わったスプリヌ地方を見たら、驚くだろう。

数日後、了承《りょうしょう》の返事が届いたようだ。

モリエール夫人が訪問する日、義母は落ち着かないのだろうか、ソワソワしていた。

そして――メイドからモリエール夫人がやってきたという報告を聞く。

すると、義母は思いがけない行動に出た。

なんと、全力疾走《しっそう》し、モリエール夫人を迎《むか》えに行ったではないか。

そして、ふたりは玄関《げんかん》で再会する。王都で和解してからさほど期間は経《た》っていないものの、
別れ別れになった姉妹《しまい》にとって、故郷での再会は特別なものだったのだろう。

涙《なみだ》する義母とモリエール夫人を見ていたら、私まで泣けてくる。

本当によかった。

△月〇日
ガブリエルがデートに誘ってくれた。行き先はベリーが自生する森。

転移魔法で移動したのだが、信じられないくらい霧《きり》がかっていた。

ガブリエルは頭を抱《かか》え「今日に限って!!」と悔《くや》しそうに叫《さけ》ぶ。

このところ、私とガブリエルは忙《いそが》しく、ゆっくりとした時間を過ごせなかったのだ。

霧がかった場所での散策は危険だ。諦めるしかない。

その後、帰ってガブリエルとお茶会を開いた。

これはこれで、幸せなひとときだった。

△月×日
ガブリエルが私に新しい発明品が完成したと、見せてくれた。

その名も、霧除去装置……だとか。

前回のデートが霧のせいでできなかったことを悔《く》やみ、休憩《きゅうけい》時間などに作製したらしい。

これで、突然の霧も問題ないと、嬉しそうに語っている。

義母はぼそりと、「才能の無駄《むだ》使いだわ」と呟《つぶや》いていた。

うっかり頷《うなず》きそうになったが、ぐっと堪《こら》えた。

△月▽日
ニコが主催《しゅさい》するアレクサンドリーヌのお見合い大作戦であったが、ついに相手がいなくなってしまったようだ。

アレクサンドリーヌは雄《おす》のアヒルと会うたびに、果敢《かかん》に戦いを挑《いど》んでいたらしい。

どうしてそうなったのか。

スプリヌ地方いちの強いアヒルだとニコが説明すると、誇《ほこ》らしげに胸を張っていた。

なんというか、アレクサンドリーヌがいいのならば、私は何も言うことはない。

◇月◇日
ココの個展を初めて開いた。なんと王都から大勢の貴族が押《お》しかけ、販売《はんばい》する絵画のほとんどが売れた。

ココの才能を見抜《みぬ》き、絵を描《か》くようにと勧《すす》めた自分が誇らしい。

ずっと自信がなさげだったココも、ずいぶんしっかりしてきたように思える。

もっともっと、たくさんの人達にココの絵を見てもらいたいなと思った。

◇月□日

私はと言えば、変わらない毎日を過ごしている。

ガブリエルがいて、プルルンがいて、義母がいて、アレクサンドリーヌがいて――。

愛すべき家族と一緒に暮らす毎日が愛おしい。

一日一日を、大切にしようと思った。

書き下ろし番外編◆ガブリエルの焦燥

世界で一番美しい私の婚約者《こんやくしゃ》、フランセット・ド・ブランシャール。

彼女《かのじょ》は普通《ふつう》であれば手が届かないような高嶺《たかね》の花《はな》であったのだが、いろいろあって婚約《こんやく》できた。というのも、フランセットはある騒動に巻き込まれ、没落令嬢《ぼつらくれいじょう》となってしまったのだ。

不幸な境遇《きょうぐう》にもめげず、清く正しく生きる彼女は、依然《いぜん》として美しい。

本来ならば、私みたいなスライム人間とはかかわらずに生きてほしかった。

私は彼女の前に出られるような、立派な人間ではないから。

陰《かげ》でこっそり支えたかったのに、私達は出会ってしまった。

スプリヌ地方にやってきてからも、彼女は変わらず、溌剌《はつらつ》と生きていた。

ある日、セイレーン大公からフランの作るお菓子は特別なものだ、と絶賛する手紙が届く。

それに関してはまったくの同感だ。

セイレーン大公は王都にお店を開くべきだ、と提案してくる。

フランセットはスプリヌ地方にはもったいない人間だ。王都で花咲《はなさ》くべきなのだろう。

セイレーン大公の申し出に、検討しておく、とだけ書いて返信した。

それから一年もの間、私はフランセットと楽しい日々を過ごした。

生まれてから、一番幸せな毎日だったかもしれない。

けれどもある日、セイレーン大公からの手紙が届く。それは、湖水地方のアヒル堂の王都支店を出す話はどうなったか、という内容であった。

フランセットと暮らし始めてからというもの、充実《じゅうじつ》した人生を送るあまり、セイレーン大公との約束をすっかり忘れていたのだ。

一年前は王都でお店を開くのもいいのかもしれない、なんて思っていた。けれども今現在は、フランセットがいない暮らしなんて考えられない。

王都出店なんかしたら、彼女は頻繁《ひんぱん》に出向しなければならないだろう。数日もの間、フランセットが家を空けるなんて、絶望でしかなかった。

フランセットに話を聞く前に、私は勝手にセイレーン大公の打診《だしん》を断ってしまう。

この勝手な決定が、フランセットを悩《なや》ませることなど、このときは考えもしていなかった。

正式な文書で断ったので、セイレーン大公も諦めるだろう。そう思っていた。

けれども彼女は、諦めていなかったのである。

スプリヌ地方にやってきて、フランセットと直接交渉《こうしょう》をしようとしていたのは、全力で阻止《そし》した。それ以外でも、手紙で接触《せっしょく》してこようとしていたので妨害《ぼうがい》する。

その後も、セイレーン大公はしつこく連絡《れんらく》を取ってきた。

スプリヌ地方を再訪してきたときは、そこまでするのか、と憤《いきどお》ったくらいである。

セイレーン大公側もフランセットと話す許可を出さないので、我慢《がまん》できなくなったのだろう。

最後は口論となってしまった。

「湖水地方のアヒル堂のお菓子を、スプリヌ地方限定で販売するのはもったいないことだ！」

「我々にも考えがあるんです。他人の口出しなんて望んでいません」

「でも、前は考えてくれるって言ってただろうが！　どうしても私の気持ちを受け入れてくれないのか？」

「以前とは、事情が違うんです」

以前からフランセットへ好意を寄せていたのだが、一年経って気持ちが大きくなっていた。

今の私は離《はな》れ離《ばな》れになることなどまったく考えていない。

「私は何事においても、彼女の気持ちを第一に、考えておりますので」

嘘《うそ》である。本当はフランセットと離れたくなくて、我《わ》が儘《まま》を言っているだけだった。

フランセットに相談せずに、勝手に判断した罰《ばつ》はすぐに下る。

信じがたいことに、フランセットは私とセイレーン大公がただならぬ関係であると勘違《かんちが》いしていたらしい。

なぜ、そのように思われてしまったのか――と頭を抱えたものの、ここ最近のセイレーン大公とのやりとりを隠《かく》そうとするあまり、不審《ふしん》な行動に見えてしまったのかもしれない。

自らの罪を打ち明けると、フランセットは許してくれた。

今後はなんでもフランセットに相談すると、彼女に誓《ちか》ったのだった。

王都に行った結果、フランセットはスプリヌ地方での暮らしにうんざりするんじゃないか、なんて不安を抱《いだ》いていた。

けれども彼女は、スプリヌ地方を故郷だと言ってくれる。

王都での華《はな》やかな暮らしよりも、スプリヌ地方で送るのんびりとした暮らしが性に合っているらしい。

フランセットに感謝したのは言うまでもない。

あとがき

こんにちは、江本マシメサと申します。

この度は『スライム大公と没落令嬢のあんがい幸せな婚約』第二巻をお手に取ってくださり、まことにありがとうございました。

まさかまさかの二巻発売に、喜びがこみあげるなかであとがきを書いております。

今回も凪かすみ先生の美しすぎる装画や口絵にうっとりしつつ、作業を進めてまいりました。お楽しみいただけたら幸いです。


私事ではあるのですが、こちらのスライム大公の第二巻が百冊目の著作となりました。

それ以外にも、コミカライズなどの関連書籍は四十冊ほどございまして、振り返ってみたらたくさんの作品を出版していただいていたんだな、としみじみ思ってしまいました。

作家人生は楽しいことや嬉しいことだけでなく、苦しみや悲しみもあったのですが、そういうときに助けてくれるのは読者様の存在でした。

本の感想や、楽しみにしているというお言葉、お手紙など、落ち込んだときはいつでも思い出し、自らを強く奮い立たせておりました。

作家活動は私一人だけでは心が挫け、続けられなかったと思います。

感謝の気持ちでいっぱいです。

私が読者様に返せるものといったら、作家として頑張ること以外ないので、これからも楽しい物語で期待にお応えできたらいいな、と思っております。

本当に本当にありがとうございました！

HJ NOVELS
HJN71-02

スライム大公と没落令嬢のあんがい幸せな婚約 2

2023年5月19日　初版発行

著者――江本マシメサ

発行者―松下大介
発行所―株式会社ホビージャパン
〒151-0053
東京都渋谷区代々木2-15-8
電話　03(5304)7604（編集）
03(5304)9112（営業）

印刷所――大日本印刷株式会社

装丁――coil／株式会社エストール

Printed in Japan

ISBN978-4-7986-3185-1　C0076